小学館文庫

あなたの死体を買い取らせてください

村崎羯諦

小学館

あなたの死体を
買い取らせてください

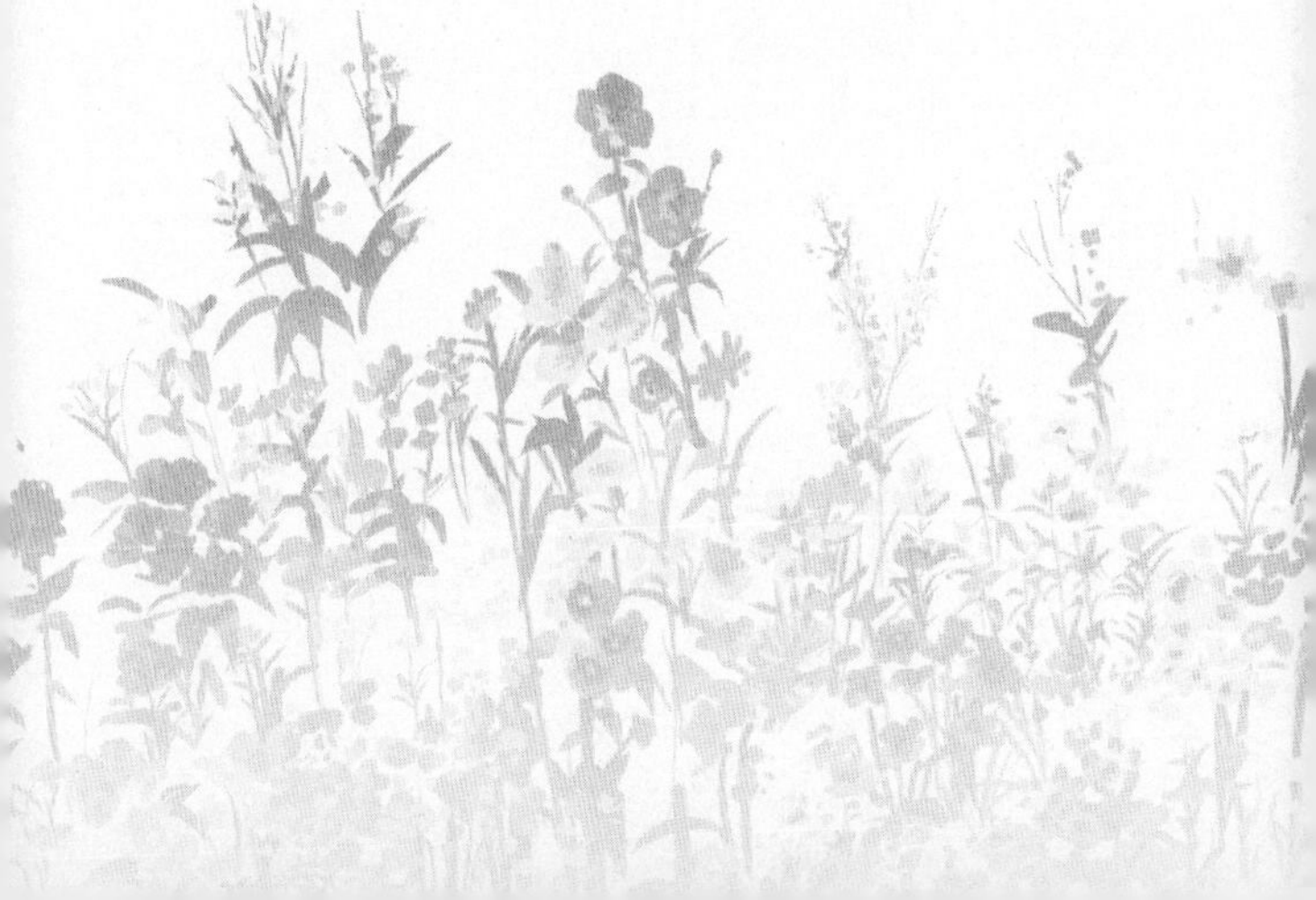

君の死体を買い取らせてくれ

病室にやってきたあなたが、いつになく真剣な表情でそんなふざけたことを言うもんだから、私は思わず吹き出しちゃったよ。結婚しようっていうあなたのプロポーズを私が断って、あなたが今にも泣きそうな顔で帰っていった後ね、私も一人ぼっちの病室でわんわん泣いたの。私のことなんて忘れて他に良い人見つけなよ、っていう言葉に嘘《うそ》はなかったけど、これであなたとの関係も終わりなんだなって思ったら色んな思い出がわーって込み上げてきてさ、もう止まらなかった。だからさ、プロポーズの次の日にあなたが性懲りもなくまた病室にやってきて、そんな馬鹿げたことを言うなんてずるいなぁって思ったんだ。

確かに私は末期癌《がん》で、いつ死んでもおかしくない状態だけど、さすがにそんなことを面と向かって言うのは不謹慎じゃない？　私が笑いながらそう指摘したら、あなたはやってしまったっていう表情になったでしょ。それがあんまりにもおかしかったからさ、余計に笑いが止まらなくなっちゃった。

その後、最近になって死体の所有権みたいなものが法律で認められたってことをあなたが教えてくれたんだけど、それでもやっぱりピンと来ないし、そもそもどうして私の死体が欲しいのって私はあなたに聞いた。そしたらあなたは、正直そこまで深くは考えてないけど、死体でもいいから私のそばにいたいんだって言ってくれた。もうじき私は死んじゃうからあなたとは結婚できないって言ったのは確かだけど、死体になった後でもいいから一緒にいて欲しいなんて普通考える？

嬉《うれ》しくないって言ったら嘘になっちゃうよ、そりゃ。それでもさ、これからも長い人生を生きていくだろうあなたにとって、それって良くないことだと思ったんだ。やっぱりあなたには私のことなんかすっかり忘れて、別の誰かと幸せになって欲しいなって思っちゃうんだよね。

だから私も冗談で、先払いでいいなら売ってあげるよって言ったの。そしたらあなたが値段を聞いてくるから、適当に三百万円って答えた。もちろん相場なんて知らなかったし、払えるかってあなたが笑いながら突っ込んでくれると思ってたの。でもさ、あなたは真剣な顔をして、わかったって言ったんだよね。そのままあなたは病室を飛び出して行って、結婚資金として貯《た》めていたお金を全部引き出して戻ってきた。元々は結婚資金だったとしてもさ、人の死体にそんな大金払う？　私はあなたのそんな振る舞いに半分呆《あき》れちゃったけど、あなたの真剣な表情を前にしたら引くに引けなくなっちゃってさ、流されるまま契約書みたいなものにサインをして、私が死んだ後に私の死体をあなたにあげることになった。

じゃあ、あとは私が死ぬだけだねって契約書にサインをした後に言ったら、あなたは本気で私を叱ってくれたよね。今になって思えば、そっちから先に私の死体を買いたいって言っておいて、なんだその態度はって感じ。でも、そんなあなたにだから、私の死体をあげてもいいかなって思った。あなたがお見舞いに来てくれる度に、私が死んだらすぐに新しい人を見つけてねって言ってたのにさ、都合がいいよね。でもね、児童養護施設で一緒に育って、頼りないもの同士で支え合ってきたあなたが私の死体を買い取ってくれるなら、それは私にとってすごく幸せなことかもしれないって思ったの。あなたが私の死体を買ってくれるなら、きっと私は未練なく死ねる。心の底からそう思ってた。だからさ、私が癌で死ぬよりも先にあなたが事故で死んじゃうなんて、想像もできなかったよね。

土砂降りの夜にスリップしたトラックと正面衝突して即死。最初にその知らせを聞いた時、頭の中がぼーっとなって、まるで夢の中にいるみたいだった。それから静かに涙が頬《ほほ》を伝って、私は堰《せき》を切ったように泣き始めた。心にぽっかり穴が空いたとか、そんな生やさしいものじゃない。心をナイフで抉《えぐ》られるような、そんな鋭い痛み。愛する人がいなくなるってことが、自分だけが世界に残されるってことが、これほど悲しくて辛《つら》いものだなんて、私は全然理解できていなかった。

そして愛する人を失う立場になって初めて、今まで私がどれだけひどいことをあなたに言っていたのか気がついたの。私なんか忘れて幸せになってねとか、私よりもずっと良い人がいるよとか、そんな言葉があなたをどれだけ傷つけていたかなんて考えもしなかった。愛する人の代わりなんていないし、忘れられるはずなんてない。私の死体を買い取りたいっていうその本当の意味が、今更になってわかった。ごめんなさい。誰に言うでもなく私はそんな言葉を呟《つぶや》いた。それは誰もいない病室で呟くべき言葉じゃなくて、あなたが生きているうちに直接伝えるべき言葉だったのに。

だから、あなたが事故で亡くなった次の日、死体の引取人になっていたあなたの遠い親戚に連絡をとったの。不謹慎だと怒鳴られるのを覚悟で、何を考えてるんだって蔑《さげす》まれるのを覚悟で、私はあなたの死体を買い取らせてくださいって伝えた。すぐには売ってくれないと思ってたけど、親戚の人はあっさりと、むしろ喜んで私に死体を売ってくれた。それはそれですごく腹が立ったけど、あなたの死体を買い取ることができて私はすごく嬉しかった。そうそう。支払いにはあなたが私の死体を買い取るために払ってくれたお金を使わせてもらいました。だから、天国で会った時に返金しろだなんて言うのはなしだからね。あとちなみに、あなたの死体の買取価格は私の死体の半分以下だったよ。先に死んだ罰として、天国でたくさんいじってやるからね。

そして、余ったお金でね、郊外にあるお墓を買ったんだ。小高い丘の上にある、自然に囲まれた素敵な場所。私が死んだら、そこに私とあなたを入れてもらうようにしてもらったの。手続きとか下見とかは友達に全部やってもらったから、実質私は何もしてないんだけどね。どう？　あなたと同じで何も考えないまま死体を買ったにしては、なかなか上手《うま》いことを考えたでしょ？

多分だけどね、そろそろ私もお迎えが来ると思います。あなたが死んで、慌ただしい日々を送ってる間は不思議と調子が良かったんだけど、それが落ち着いたら体調が悪くなっちゃってさ。自分の身体《からだ》のことだからよくわかる。今までとは違う、本当に死が近づいてるんだなって感じがしてる。でも、誤解はしないでね。あなたが死んだ後、死体を買い取ったり、お墓を買ったり、色々と忙しくしてたからそうなったってわけじゃないの。本当はもっと早く身体の調子が悪くなってたはずだったんだけど、私の頑張りを見た神様が特別に時間をくれたんだと思う。きっと。

疲れちゃったし、もうそろそろ眠るね。少し前までは死ぬことが怖くてなかなか寝付けなかったんだけど、死んだ後の楽しみができた今は、ずっと安らかな気持ちで眠れるようになった。こんなこと言っておいて、なかなか死ななかったらごめんなさい。土産話をたくさん用意しておくから、それで許してくれるよね。

それじゃあ、本当に寝るね。あなたとまた会えること、それから一緒のお墓に入ることを楽しみにしてます。

おやすみなさい。

目次

contents

犬になる

ほとほと人間生活に嫌気がさしたので、今日から僕は犬として生きようと思う。

ビジネスバッグと革靴を河川敷の茂みへと放り投げ、ジャケットとワイシャツの袖を捲《まく》って両手を地面につける。冬の冷気にさらされた土の地面はひんやりと冷たく、思わず手を引っ込めそうになる。それでも四つん這《ば》いでなければ犬とは言えない。だから、これくらいの我慢は必要だと自分に言い聞かせる。それにこうしているうちにも自然と冷たさを感じなくなってきたような気もした。

「バウッ、バウッ！」

僕は腹の底から声を出してみる。少しばかりわざとらしいが、初めてにしては上出来ではないだろうか。咳払《せきばら》いで喉の調子を整え、もう一声鳴いてみる。先ほどよりは犬らしいがまだまだ。これからの成長に期待といったところか。

僕は一呼吸置き、澄んだ冬の空気を思いっきり吸い込んだ。抜けるような青空を仰ぎ、風にそよぐすすきを一瞥《いちべつ》し、目の前の石畳の道を四本脚を使って駆け出していく。慣れない走り方で足がもつれそうになりながらも、僕は弾丸のように河川敷を走り抜けていった。いつもより低い視線から見える景色がぐいぐいと流れていく。草野球をしている子供たちの歓声が聞こえる。すれ違うランナーの息遣いが聞こえる。そして何より、僕の身体《からだ》が風を切る音が聞こえる。僕は犬になったんだ。そういう実感が、心の底から泉のように湧き上がってくる。

僕はゆっくりとスピードを落としながら、立ち止まった。目の前に現れたのはこの河川敷を住処《すみか》にしているであろう、雌の野良犬。灰色の毛並みにくるりと巻かれた短いしっぽ。ピンクの舌を口から垂らしながら、彼女は二つの黒い瞳で新参者の僕をじっと見つめていた。家で飼いならされたお行儀の良い犬とは違う、野性的な匂いに僕の身体の奥から熱い何かが込みあがってくる。一目惚《ぼ》れ。犬になってから初めて経験するその気持ちを、それ以外の言葉で説明することはできなかった。

「キャン、キャン」

僕は甘い声で彼女に呼びかける。彼女は眉をひそめ、困ったような表情を浮かべる。僕は高ぶる気持ちに突き動かされるまま、一歩ずつ彼女に近づいていく。しかし、それと同時に彼女の後ろから、彼女より一回り大きい野生の雄犬が姿を現した。するどい犬歯をむき出しにし、汚れてボサボサの毛を逆立てながら、僕を威嚇している。僕は瞬間的に、彼女が目の前の雄犬の女だということを理解した。強いものが美しい雌を手に入れることができる。これが野生の摂理なのだ。

僕は雄犬の威嚇する声を真似《まね》しながら一歩ずつ前進していく。雄犬と視線をぶつけ合いながら、距離は少しずつ縮まっていく。元人間である僕の方があいつよりも一回り以上身体が大きい。僕の心にそういう慢心がなかったといえば嘘《うそ》になる。僕は大胆不敵にさらに大きく一歩を踏み出した。しかし、その瞬間、相手が勢いよく飛びかかってきて、ジャケットの上から僕の右前脚に噛《か》み付いてきた。

「痛っ‼」

反射的に鳴き声がこぼれ出る。僕は痛みに耐えながら、後ろ脚で立ち上がり、噛まれた前脚を大きく縦横に振り回す。それでも雄犬はがっちり食らいついて離さない。僕は右の前脚を大きく振りかぶり、遠心力を使って雄犬を振り飛ばしてやった。

振り飛ばされた雄犬はそのまま固い地面に背中から落下する。雄犬はそのまま情けない鳴き声を上げながら逃げていき、茂みの中へと消えていった。

僕は額に浮かんだ汗を拭い、再び四つん這いになる。それから僕たちの闘いを見守っていた雌犬へと視線を向けた。

「キャンキャン。キャンキャン」

しかし、彼女は僕の方にちらりと視線を向けただけで、先ほど雄犬が消えていった茂みの方をじっと見続けていた。僕はもう一度彼女に呼びかける。彼女は少しだけ躊躇《ためら》うように僕を見た後、小走りで、雄犬を追いかけるように茂みへと去っていった。

残された僕はただ呆然《ぼうぜん》と彼女の背中を見送ることしかできなかった。犬生活における初めての恋はこうして儚《はかな》く散った。僕は負け犬らしく頭をたれ、とぼとぼと河川敷の道を歩いていった。傷心した僕の心を映し出すように、太陽は川の向こうにそびえ立つ建物の陰に隠れ、空は藍色と朱色に分けられた切なげな色に移り変わっている。無情な木枯らしが僕の身体に吹きすさび、首に巻いていたネクタイがばたばたとはためいていた。

「あらあら、可愛《かわい》いワンちゃんね」

僕は顔をあげた。目の前にいたのは、スーパーの買い物袋を右手にぶら下げた二十代後半くらいの少しやつれた女性だった。

「くぅーん、くぅーん」

弱々しく鳴きながら僕は彼女を見上げた。彼女は僕の頭をわしゃわしゃと撫《な》で、うっすらとひげが生えた顎を優しくさすってくれた。彼女の弱々しい茶色の瞳には母性が宿っていた。僕はもう一度鳴いた。彼女は僕のささくれだった心を慰めてくれるかのように、うっすらと微笑《ほほえ》みかけてくれた。

「うちにくる？」

僕は少しだけ躊躇った後、「バウッ」とありったけの声で返事をした。

＊＊＊＊＊

「奈美恵《なみえ》！　てめぇ、何度言ったらわかるんだ！」

狭いアパートの一室。部屋の中にいた男が僕を連れてきた彼女に怒鳴り声を上げた。赤ら顔の男は飲みかけのビール缶を座卓の上に置き、おぼつかない足取りで僕たちに近づいてくる。

「だって……可哀想《かわいそう》だったんだもん。たっくんだって、子供の時に犬を飼ってたって言ってたじゃん」

彼女は萎縮しながらも、男に言い返す。男は彼女の横に座る僕をぎらりと睨《にら》みつけた。蛇に睨まれたカエルのように、僕はその男の雰囲気に気圧《けお》されてしまう。

「良いでしょ、犬の一匹くらいさぁ」

「ああ？　うちにそんな金あるわけねぇだろうが。それに……こいつ、本当に犬なのか」

僕は男の疑念を晴らそうと弱々しく鳴き声を上げた。それでも男は眉間に皺《しわ》をよせたまま、僕を見下ろし、そのまま小さく舌打ちをした。

「こんなわけわからない生き物、早く捨ててこい」

「いや！」

彼女が大声で叫ぶ。男は腕を組み、僕の身体を舐《な》め回すように眺めてくる。そして、不敵な笑みを浮かべながら語りかける。

「おい奈美恵知ってるか。中国のある地域ではな……犬の肉を食うらしいぞ」

「何を言ってるのたっくん……」

犬を食べる？　こいつは本気でそう言っているのか。しかし、僕の目に映る男の表情は真剣そのものだった。身体から冷たい汗が吹き出てくる。鼓動が脈打つスピードが徐々に速まっていく。

男は僕を捕まえようとぐっと右手を伸ばしてくる。僕は反射的にそれを避け、身体を玄関横の柱にぶつけてしまう。恐怖で足が震え、呼吸が浅くなる。

「たっくん、違うよ！　これは犬じゃないの！　別の生き物なの！」

彼女が男の腕を摑《つか》み、必死に止めようとしてくれる。しかし、男はその腕を強く振り払う。僕は助けを求めてキャンキャンと吠《ほ》え立てる。それでも男はそんなのお構いなしに僕を部屋の端っこに追いつめ、むんずと僕のワイシャツの襟元を摑んだ。

「おい、お前は犬だよな？」

男が顔を近づけ、悪魔の形相でそう尋ねてくる。酒気を帯びた息が僕の顔に吹きかかる。このままだと食べられてしまう。死への恐怖の中、僕はゆっくりと首を横に振り、かすれるような声で返事をした。

「にゃ、にゃ〜ん」

出世魚競争

今年も丸山《まるやま》水産株式会社に、年に一度行われる魚事考課の時期がやってきた。オフィスの会議室に集まった魚事部が、各部署から上がってきた個々の評価を参考にしつつ、会社に所属する出世魚のうち、一体誰を出世させるのかについて議論が行われている。

「えー、営業部のエース佐野《さの》くんですが、彼が取ってきた数々の契約を考えると、ハマチから一足飛びにブリへの昇進もありなんじゃないかと思うんですが、どうですかね？」

「私も賛成ですね。直属の上司や営業部部長からの評価も高く、また会社全体としても若い人材を積極的に上へあげていこうという方針が出ています。佐野くんは確かに勤続年数が短いものの、営業成果という点ではブリに値すると思います。どうですか、八代《やしろ》部長？」

意見を問われた八代魚事部部長が左右のエラから小さく息を吐く。それから手元の資料をパラパラとめくりながら、返事をする。

「いや、確かに会社的にもそういう方針なのは理解してるし、佐野くんが実績をあげているのもわかるんだけど……。こういう昇進って基本的には所属部長の推薦があるもんじゃない。どうして営業部部長の飯島《いいじま》さんは佐野くんの昇進を推薦してないわけ？」

八代魚事部部長の問いかけに、ブリへの出世を提案した大島《おおしま》主任が言葉に詰まる。歳《とし》と共に鱗《うろこ》が剝がれてきた頭をポリポリと掻《か》きながら、少しだけ気まずそうな表情を浮かべる。

「それがですね、飯島営業部部長が佐野くんと1on1ミーティングを行ったそうなんですが、その中で佐野くん、出世にあまり興味がないって言ったそうなんです。メジロやブリに出世しちゃったら、身体《からだ》が大きくなって小回りが利かなくなるし、何より否応《いやおう》なくプレーヤーじゃなくてマネージャーの仕事が増えていくじゃないですか。佐野くんとしてはハマチのまま、プレーヤーとしてキャリアを重ねていきたいそうです……」

「なるほどねぇ。だったら、魚事部としてもなかなかブリへの出世は打診しづらいかな。昔だったらいざ知らず、今は可能な限り本人の意向も汲《く》み取ってあげないと。無理に出世させて、辞められたりしたらそれこそ会社的には損失だし」

大島主任が残念そうに頷《うなず》いた。しかし、笹原《ささはら》主任がちょっといいでしょうか？　と間に割って入る。

「佐野くんの件はそれで大丈夫なんですが……飯島営業部部長から、部署内にブリが少ないから、増やして欲しいって裏で言われているんです。ほら、十二月まではベテランブリの猪代《いのしろ》さんが営業部にいらっしゃったんですが、人間に釣られてお亡くなりになったじゃないですか？　なので、佐野くんがダメだったら、誰か別の方を出世させたいなと」

「ああ、それは私も聞いてるよ。そうだな、順番は前後しちゃうけど、横井《よこい》主任とかどうかな？　彼はメジロで、勤続年数的にもそろそろブリへ出世しても別におかしくない感じじゃない？」

しかし、八代魚事部部長の言葉に、他のメンバーが一斉に気まずそうな表情を浮かべる。八代部長はワンテンポ遅れて全員の変化に気がつき、きょとんとした表情で問いかける。

「あれ、なんか問題あったっけ？」

「部長忘れちゃったんですか？　ほら、去年の七月頃の件」

「なんだっけ？」

「横井主任が若い女性ハマチ社員の尾びれを執拗《しつよう》に触ったっていうセクハラ問題ですよ。一ヶ月くらい、うちの部署で対応に追われていたじゃないですか」

八代部長はそこでようやく思い出し、納得いったように頷き、それから他のメンバーと同じ表情を浮かべる。セクハラ問題を起こしたばかりなのに、その翌年にブリへ昇進させることはできないよね。八代部長の言葉に、会議に参加していた全員が頷いた。八代部長はパラパラと資料をはじめから読み直し、他に誰かブリへ昇進できそうな社員がいないのか確認する。しかし、なかなかブリにふさわしい魚は見当たらず、八代部長は困ったように左右のエラを開いたり閉じたりした。その様子をみた笹原主任が小さく咳払《せきばら》いをし、やっぱり佐野くんを出世させるのが一番収まりがいいんじゃないでしょうかと進言する。

「……そうだね。そうするしかない気もするな。一度佐野くんと面談を行って、直接考えを聞いた方がいいかもね。もちろん無理強いはできないけど、会社の方針とか営業部の状況とかを説明すれば、お互いに納得のいく結論に辿《たど》り着くことができるかもしれないし」

「承知しました。それじゃあ、飯島営業部部長には私から声かけして、三者面談の日程をセッティングしておきます」

ちょうどそのタイミングで途中休憩となり、喫煙者の八代部長と大島主任がオフィスの地下に設置された喫煙ブースへと向かう。二人は疲れ切った様子で電子タバコのスイッチを入れ、口にくわえる。エラから白い煙を吐き出しながら、感慨深そうに八代部長がつぶやく。

「それにしても、時代が変わったもんだねぇ。私が入社した頃なんて、あちこちで出世魚競争が起きてて、他人を蹴落としてでもブリになろうとする魚が多かったもんだよ」

「正直、気持ちはわかりますけどね。出世したら、それだけ身体と責任が大きくなっちゃうわけですから。私もストレスで頭の鱗が剝がれ始めたのは、ブリに出世してからですよ」

「まあねぇ。でも、だからと言って、責任を取る人間が要らなくなったっていうわけじゃないからさ。誰かがやらないといけないし、人が減ると今いるブリにさらに負担がかかっちゃうし、難しいところだよね。責任に見合う給料と裁量を与えられたらいいんだけど、それも会社の方針やリソースを考えると限界があるわけだし」

八代部長の言葉に、大島主任がどこか寂しそうな表情で頷く。そして、二人は会議室へと戻り、他の従業員に関する魚事考課を再開した。営業部の佐野くんの件が残っているものの、他の従業員については特に荒れることなく、こうして年に一度の魚事考課会議は終わったのだった。

ちなみに。会議の後、営業部部長、魚事部部長、営業部のエースである佐野の魚事面談が行われるのだが、それがきっかけとなって佐野は会社を辞めることになる。そして、営業部のブリ不足に頭を悩ませた魚事部が、苦渋の決断でセクハラ問題を引き起こした横井主任をブリへ昇進させ、それがまた社内で一騒動巻き起こすことになるとは、この時は誰も予想していなかったのだった。

わがままな遺伝子

「貴文《たかふみ》さんと別れた理由はちゃんとあるの。私の遺伝子がすっごいわがままでね、遺伝子の相性が良くないから嫌だって言い出したの。遺伝子レベルで合わない人と結婚しても、幸せにはなれない気がするし……」

私の回答に、双子の妹である七海《ななみ》が眉をひそめる。本当にそうなの？　と妹が私に尋ねると、私の身体《からだ》の中から遺伝子がその通りだと答える声が聞こえてきた。しかし、七海は遺伝子の意見を聞いてもなお、納得がいかないようだった。七海はコップにさったストローをクルクルと回し、小言を言う。

「貴文さんとは何回も会ってるけどさ、あんな良い人なかなかいないよ？　すごく優しいし、有名な大学を出て、きちんとした仕事にもついてるし……。遺伝子がいくら嫌だって言ってもさ、そんな簡単に別れるの？」

「でも、私の遺伝子がどうしても嫌だって言うんだよ？　結婚ってすごく大事なイベントだし、どうしても慎重になっちゃうの。それに子供を産むってなったら、私だけじゃなくて遺伝子の問題にもなるしさ」

「でも、お姉ちゃんの人生なんだからお姉ちゃんが決めなくちゃダメだよ。それに……あんなにお姉ちゃんのことが好きだったのに、貴文さん可哀想《かわいそう》」

七海の言葉に私は何も言えなくなる。別れるにあたって、彼とすごく揉《も》めたことは事実だった。遺伝子なんて関係ない。貴文さんはそう言って別れることを頑《かたく》なに拒んだ。しかし、その言い争いの中で、彼は彼自身の遺伝子もまた、私との結婚には反対だと言っていることをポロッと白状した。それを聞いた瞬間、私の意志は揺るぎないものへと変わった。私は貴文さんと何度も何度も話し合いをして、数ヶ月をかけてようやく別れるに至った。貴文さんをすごく傷つけてしまったし、私自身もまた好きだった人との別れはとても辛《つら》かった。別れたことに後悔はない。それでも、最初から自分の遺伝子ときちんと相談しておけばよかったと強く強く反省した。

私だって好きな人と結婚して幸せになりたい。その一方で、生まれた時から付き合いのある私の遺伝子の気持ちも尊重してあげたい。私たちは二つで一つだったし、私と同じように遺伝子もまた私のことを昔からずっと気にかけてくれていた。私の遺伝子はよき理解者だったし、私の遺伝子にとっても、私は強い絆《きずな》で結ばれた友人だと信じている。

だから、妹や親に貴文さんを紹介し、そろそろ結婚かなという段階で私の遺伝子が結婚を反対した時、私は反発するのではなく、遺伝子の意見にきちんと耳を傾けた。私は自分の遺伝子と何日も話し合いをしたけど、遺伝子は決して自分の意見を曲げようとはしなかった。相性が良くないという一点張りではあったけど、その固い意志を前に、私は遺伝子の意見に流されてしまった。きっと私にはもっと相応《ふさわ》しい人がいる。遺伝子は猫撫《な》で声でそう言った。生まれた時から一緒にいる遺伝子の言うことに、私はこくりと頷《うなず》いたのだった。

妹からは呆《あき》れられたし、好きだった彼と別れたことで心にはぽっかりと大きな穴が空いてしまった。それでも、新しい生活のために私は気持ちを前向きに切り替えることにした。貴文さんの時みたいな失敗を繰り返すわけにはいかない。だから私は、ちょっとでもいいなと思う男性を見つけたら、真っ先に自分の遺伝子に相談するようにした。

だけど、貴文さんとの一件以来、私の遺伝子が私の恋愛に対して積極的に意見を言うことはなくなった。ひょっとしたら貴文さんと私を別れさせたことに、負い目があるのかもしれない。そう思い、私は遺伝子に対して気にしてないよと語りかけてみたけれど、遺伝子は適当に返事をするだけ。私と貴文さんとの結婚に反対したあの時のわがままさは影を潜め、まるで遺伝子は私の恋愛を他人事《ひとごと》と受け取っているかのようだった。

自分の遺伝子が何を考えているのかがわからない。そんな不満を持つようになっていた、ある日。高校時代からの付き合いで、今は高校で生物の教師をしている友達と久しぶりにご飯に行くことになった。雑談の中で、私は彼女に自分の遺伝子がすごいわがままなんだという話をした。すると彼女は笑いながら、「わがままな遺伝子って、利己的な遺伝子みたいで面白いね」と言った。

「利己的な遺伝子っていうのはね、進化学っていう生物学の分野で提唱されている一つの説なの。ものすごーく簡単にいうとね、生物の進化は遺伝子が自己増殖するのに有利なように行われていて、個体は遺伝子の乗り物に過ぎないんだっていう理論なの」

どういうこと？　私がいまいち理解できないでいると、彼女は私にもわかる例《たと》え話を使って説明をしてくれた。

「ダーウィンっていう進化学を作った人はね、自分の子供をたくさん増やせるような性質を持った個体が生き残るんだから、種としてはその性質が後世に受け継がれていくって考えたの。自然淘汰《とうた》説っていう言葉だけは聞いたことあるんじゃない？　ここで重要なのは、それぞれの個体は自分が有利になるように行動していて、その中で、環境にうまく適応できた個体が生き残っていくってことね。でもさ、この考え方だと、働き蜂とか働き蟻《あり》は説明が難しいの。自分の子供を残せないのに、どうして女王様のために一生を終えるような性質を持つ生物が自然淘汰されずに生き残っているんだろうって、考えてみたらすごく不思議じゃない？

働き蜂とか考えてみてよ。蜂は女王蜂だけが子孫を残せて、働き蜂は一生子孫を残せないまま、女王蜂のために一生懸命働き続けるの。これって、自分のことしか考えずに行動するっていう考え方と矛盾するよね？　それについて色んな学者が色んな議論を重ねてきたの。その議論の中で生まれたのが、血縁淘汰説っていうやつなの。

さっきみたいな生物の個体単位で考えるんじゃなくて、遺伝子の目線で考えてみようっていうのが、この説の中心的な考え方ね。例えば働き蜂が自分の子供を産めるとしてもさ、一匹のか弱い働き蜂じゃ、いつ自分や子供が天敵に襲われて食べられちゃうかわかんないじゃん。それに食料を調達しながら子育てをするなんてすごく大変だし、一人じゃたくさんの子供を育てられない。でも、もしそのか弱い蜂さんにさ、繁殖能力の高いお母さん、つまり女王蜂がいると考えてみて。働き蜂さんと女王蜂は親子だから、遺伝子は半分同じでしょ。それから、女王蜂が子供を産めば、それは自分の弟とか妹に当たるわけで、自分と遺伝子が近い存在になるよね。遺伝子をいかに残すかという視点から考えてみると、別に自分の子供じゃなくても、自分の弟や妹がたくさん生まれてくれたら、それはそれで自分の一部が後世へと引き継がれていく。これを前提に考えると、こう考えることもできるよね。働き蜂さんとしては、自分で子供を産むことを諦めて、自分の母親である女王蜂を必死に支える。支える分、母親には沢山の子供を産んでもらう。ね、別におかしいことではないでしょ？

まあ本当はもっと複雑で、色々批判もあるんだけどね。それでもさ、面白いと思わない？」

楽しそうに説明してくれる友人に私は相槌《あいづち》を打つ。だけど、その一方で彼女の話を聞きながら私の胸はずっとざわついていた。そして彼女が話している間、自分自身に関係する話であるにもかかわらず、私の遺伝子は一切言葉を発しなかった。

＊＊＊＊＊

ある日ふと思い立ち、私は近所の産婦人科で不妊検査を行った。結婚の予定すらない私には不要とも思えたけれど、私の直感がそうした方がいいと告げていた。そして検査の結果を見て、私は言葉を失った。そこに書かれていたのは、私は一般的な女性よりもずっと妊娠しにくいという事実だった。私は不安に駆られながら、自分の遺伝子にその事実を伝えてみる。しかし、その事実に対してさえ、私の遺伝子が何か反応するということはなかった。

遺伝子はひょっとしてこのことに気がついていたのかもしれない。そんな疑惑が私の脳裏をよぎる。貴文さんの遺伝子が私との結婚に反対していたのは、きっと私が妊娠しづらい体質であることを知っていたから。そして、他人の遺伝子が私のその体質に気がつくことができるのであれば、私の遺伝子がそれに気がつかないはずがない。それに、私の恋愛に対して、私の遺伝子が関心を持っていないことにも納得がいく。子供を産めない私が誰と結婚しようが、遺伝子にとっては何の関係もないことだから。だとしたらなぜ。なぜ、私の遺伝子は貴文さんとの結婚に猛反対したのだろうか。

私の心の中で言いようのないもやもやが膨らんでいく。生物の進化は遺伝子が自己増殖するのに有利なように行われていて、個体は遺伝子の乗り物に過ぎない。友人が言った言葉が頭の中で再生される。そして、そのタイミングで私の携帯に電話がかかってくる。私が恐る恐る画面を確認すると、電話の相手は双子の妹である七海だった。私の胸の中で不安が大きくなっていく。遺伝子は何も喋《しゃべ》らない。私は震える手で携帯を取り、電話に出た。電話越しの七海は躊躇《ためら》いがちに、大事な話があるのと言った。

電話の向こうから七海が自分の気持ちを落ち着かせるように深く息を吐く音が聞こえてきた。そして、それから。七海は私にこう告げた。

「あのね、私……貴文さんとできちゃった結婚することになったの」

死に損ないの天使

池袋の路地裏には死に損ないの天使がいてね、彼女と出会っちゃうと片方の耳を噛《か》みちぎられるの。ミーナはそう言って笑った。錆《さ》びついた鈴を鳴らしたみたいな笑い声で。

「これがその時に噛みちぎられた耳ってわけ」

ミーナが髪をかきあげて、私に右耳を見せてくれる。ミーナの右の耳たぶには確かに人の歯で噛みちぎられた跡があった。手を伸ばし、ミーナの耳たぶをそっと指でなぞる。耳の表面にうっすらと生えた産毛が私の人差し指の腹をくすぐる。髪から香ってくるアーモンドのような甘い香水の匂いが、ヤニと吐瀉物《としゃぶつ》みたいな池袋の空気と混ざって、胃もたれがする。

「どんなだった？」

「何が？」

「死に損ないの天使が」

「半裸だったわ」

「上に何も着てなかったの？」

「ううん、下に何も穿《は》いていなかったの。ゴミの掃《は》き溜《だ》めから引っ張り出したようなボロボロのスカジャンは羽織っていたけど、シャツは着ていないし、ズボンやスカートも穿いていない。だけど、そのくせに、右手の薬指に指輪をはめていたわ。それも、背伸びした中学生が身につけているような指輪をね」

「寒くないのかな？」

「寒いでしょうね、きっと」

「ミーナ」

「何？」

「愛してる」

「私も。愛してる」

上空を宣伝飛行船が警笛のような音を轟《とどろ》かせながら横切っていく。八十階建ての池袋駅の屋上に建てられた東京タワーは不気味なオレンジ光でライトアップされ、先端の支柱は夜空に浮かぶ月を串刺しにしていた。ネオンが夜の街を照らす。今にも力尽きて眠ってしまいそうなこの街を、必死に叩《たた》き起こそうとしているように。

私たちは手を繋《つな》ぐ。ドン・キホーテ前の錆色《さびいろ》にくすんだ鳥居を潜《くぐ》って、正気を失った街の人々と肩をぶつけて、吸い込まれるようにこの街の奥へと進んでいく。駅前の陥没した道路には雨水が溜まり、蓮池《はすいけ》になっていた。初夏にはそこに花が咲く。淡い桃色に縁取られた花びらの中央は透き通るような純白で、街中の吐瀉物とタバコの吸い殻を糧にしてまっすぐに茎を伸ばしていく。

「この前のお話の続きを聞かせて」

「どの話？」

「夏の星座が自殺して、一人ぼっちの虎が真空管の中で枯れていくお話」

「どうせ最後なんだから、新しい話をしましょう」

「例えば？」

「こんなのはどう？　昔々あるところに、それはそれは可愛《かわい》い女の子がいたの」

「どれくらい？」

「月が嫉妬で茹《ゆ》で上がっちゃうくらい」

「すごいね」

「その女の子には幼馴染《おさななじみ》の男の子がいたの。端整な顔立ちとは言えないし、気弱でいっつも女の子からからかわれてばっかり。女の子は幼馴染の男の子が好きだったし、男の子も女の子が好きだった。だけど、女の子はあまりにも可愛かったから、潜水艦の機雷になったの。発射台から放たれた女の子が、青い海の底で静かな光を放ったとき、男の子は地上で違う女の子と裸で抱き合っていた。女の子は海の藻屑《もくず》になりながら、男の子のことを思うの。そして、そのタイミングで流れ星が瞬く。流れ星は地球の裏側に落っこちて、履き潰されたスニーカーになる。これでこのお話はお終《しま》い。どう？　面白かった？」

「うん、とっても」

「それは良かった」

「ミーナ」

「何？」

「ありがとう」

「どういたしまして」

足元の送水管をまたぐ。池袋の街に張り巡らされたこの送水管は、腐ったバナナジュースを街の外へ排出するために作られたんだと誰かが言っていた。金木犀《きんもくせい》の香りがするゲームセンター。ふと視線を向けると、UFOキャッチャーのガラスに私たちの姿が映っていた。ミーナの手にはナイフが握りしめられている。これから私とミーナの胸に突き刺さるそのナイフは、知らない誰かの血で真っ赤に染まっていた。冷たい風が吹き抜けて、寒さで身体《からだ》がぶるりと震える。

「池袋駅の最上階にはどんな人が住んでるか知ってる?」

「知らない」

「そこにはね、この国を治めているアメリカの総理大臣がいるの。浴室には牛乳パックに入れられた核爆弾がすし詰め状態で置かれていて、洗面台の蛇口をひねればどこかの国で知らない誰かが殺される。満月の夜には、世界各国の高官がそこに集まって、東京タワーに串刺しにされた月を地上から見上げて涙を流すの。そこで私は彼らに春を売る。そういう夜に限って、人は誰かの温《ぬく》もりを必要とするから」

「夏は? 夏は売らないの?」

「夏になったら夏を売るし、冬になったら冬を売るわ。でも、やること自体に違いはない。自尊心を鉋《かんな》で削って、お金をもらう。それを繰り返しながら、私たちは浅い呼吸のまま、深く深く沈んでいく。何かが失われることはあっても、そこから何かが生まれてくることは決してない」

「ミーナ」

「何?」

「死んでも一緒にいようね」

「もちろん」

私たちは大通りから狭い路地裏へと入っていく。歩くたびに足の裏でガラス片が砕ける音がする。歩道に染み付いた赤い吐瀉物は押し花のように綺麗《きれい》で、夜の深く濃い影が明滅するビル看板の灯《あか》りで幻想的に照らされていた。

空を見上げる。掃き溜めのような池袋の夜空は今この瞬間も、私たちを押しつぶすために落っこち続けている。池袋の運河に架かる小さな石畳の橋を渡る。運河の水は濃い灰色で、表面に浮かんだ油が虹色の波紋を浮かび上がらせていた。ミーナの手は震えていた。でも、それが寒さのせいなのか、薬のせいなのかはわからなかった。北極星がコマーシャルの演出のために弾《はじ》けて消える。夜の街から少しだけ光が失われた。

「別々の場所で生まれた人間同士がこうやって同じ場所で死ぬなんてさ、とても運命的だって思わない？」

ミーナはそう言いながら、私の胸に突き刺したナイフを引き抜いた。誰もいない池袋の路地裏で、私たちは手を繋いだまま油と煤《すす》に塗《まみ》れた壁にもたれかかった。二人の白い吐息が混ざり合って藍色の闇の中に溶けていく。ビルとビルの隙間から薄《うっす》らとオーロラが見えた。オーロラはアメリカのお菓子みたいな極彩色をしていて、波打つたびに戦闘機のような低い唸《うな》り声を発している。その上を落書きだらけのスペースシャトルが紫色の煙を撒《ま》き散らしながら飛んでいく。空気は冷たくて、重たかった。

私とミーナは二人で一本のナイフを握りしめていた。刃の側面を真っ赤な血がゆっくりと伝っていく。水に垂らしたインクのように私たちの胸から血が滲《にじ》み出していく。ミーナは私の右胸を刺した。私はミーナの左胸を刺した。身動《みじろ》ぎするのも億劫《おっくう》になるほど身体が気怠《けだる》い。二人で握っていたナイフが音を立てて地面に落ちる。死に損ないの天使はいなかったね。私がそう呟《つぶや》くと、ミーナは悲しそうな表情を浮かべて首を横に振った。

「ごめんね。さっき言ったことは嘘《うそ》なの」

「何が?」

「私の右耳が天使に噛みちぎられたってこと」

「そうなんだ」

「これは天使じゃなくて、あの最上階にいるクソ野郎の一人に噛みちぎられたんだ。それでカッとなっちゃってさ」

「私たち、天国に行けると思う?」

「神様が可哀想《かわいそう》かどうかっていう基準で天国行きを決めてくれるならね」

「ミーナ」

「何？」

「呼んでみただけ」

「そっか」

ミーナが力なく微笑《ほほえ》み、そして目を閉じた。長いまつげが力なく垂れていて、毛先がホタルのように光っている。私はもう一度ミーナの名前を呼んだ。だけど、口から出た言葉は大気を震わせるだけの力もなくて、私の膝の上に虚《むな》しく落っこちた。ミーナの肌から少しずつ色が失われていく。まぶたが重たくなっていく。お尻のあたりにできた血溜まりがひんやりして冷たかった。

遠くでかすかな爆発音が聞こえて、それに覆いかぶせるようにドン・キホーテのテーマソングが聞こえてくる。別々の場所で生まれた人間同士がこうやって同じ場所で死ぬなんてさ、とても運命的だって思わない？　私はミーナの言葉を頭の中で繰り返す。運命的だね、すごく。薄れゆく意識の中で私は呟く。そして、最後にミーナの綺麗な横顔を見つめた後で、私はゆっくりと、目を閉じた。

＊＊＊＊＊

目覚めると私は病室のベッドにいて、横には死に損ないの天使が立っていた。

私はぼんやりとした意識のまま天使の方へと顔を向ける。ミーナが言っていたように、死に損ないの天使は裸の上に、ゴミ溜めから引っ張り出してきたようなスカジャンを羽織っていて、身体からは腐敗した卵のような臭いがした。肩まで伸びた金髪は所々が黒ずんでいて、全体に油と汚れがこびりついている。私は天使の目を覗《のぞ》き込む。翡翠《ひすい》色の瞳の表面に映った私は、一瞬自分ではない誰かに見えたような気がした。

「ミーナは？」

「死んだよ」

「ここは天国？」

「残念だけど違うよ。それに、こんな街に住んでる人間が天国に行けるはずがないだろう？」

「ミーナが言ったの」

「何を？」

「別々のところで生まれた人同士が、同じ場所で死ぬなんて運命的だねって」

天使が笑い、欠けた八重歯を覗かせる。片方の歯先はギザギザに割れていて、もう片方は少しだけ内側を向いていた。

「あたしが言うのもなんだけどさ」

死に損ないの天使が言った。

「死に損ないってのは惨めなもんだね」

彼女は身体をかがめ、小さな手で私の右頬をなでる。スカジャンの隙間から天使の痩せた身体が見える。痛々しいほどに浮き出た肋骨《あばらぼね》を、浅黒い皮膚が覆っている。

何しに来たのと尋ねる私に、あんたの耳を噛みちぎりに来たんだと天使が答える。

「痛い？」

「ああ、すごく痛いよ」

「死ねるくらい？」

天使がゆっくりと首を振る。

「耳を噛みちぎったくらいじゃあんたは死なないよ」

私は小さく頷《うなず》いた。窓から陽《ひ》の光が薄暗い病室に注ぎ込んでいる。切れかかった照明の周りをてんとう虫が飛んでいて、その羽音がやけに耳に響く。

「あなたはどうして死に損ないの天使って呼ばれてるの?」

「あんたと一緒だよ。死ぬべき時に死ねなくて、こうして生きながらえてるからさ」

「心の底から死にたいと思った時は、きちんと死ねるものだと思ってた」

「そんな単純なものではないさ。生きることと一緒で」

「一つだけお願いを聞いてくれる?」

「何だい?」

「あなたが私の耳を噛みちぎっている間、私の手を握っていて欲しいの。それも、うんと力を込めて」

天使が頷き、私の右手を握る。天使の手は真冬に張った水のように冷たかった。生き物のように私たちの指が絡まりあう。天使が私の耳に口元を近づける。彼女の髪が私の顔に垂れる。その掃き溜めの臭いの中に、ミーナの髪と同じ、アーモンドのような甘い香水の匂いがした。

「うんと優しくしてやるよ。まだまだこの世界も捨てたもんじゃないって思えるくらいには」

目を閉じ、呼吸を止める。天使の歯が私の右耳を優しく挟んだ。そして、ゆっくりと天使が歯に力を込めていく。深く息を吐く。背中にじわりと汗が滲み出す。私は天使の手を強く握りしめながら、ミーナのことを想《おも》った。

記憶の中のミーナは笑っていた。あの、錆びついた鈴を鳴らしたみたいな笑い声で。

真夜中の校舎

「ねぇ、やっぱり引き返そうよ」

「大丈夫だって。二人でいるんだから別に怖くないだろ？」

たっくんは軽い口調でそう言うと、昇降口の扉をゆっくりと押した。鍵のかかっていない扉が低く、太い音を発しながらゆっくりと開いていく。たっくんがこちらを振り返り、不敵な笑みを浮かべる。忘れ物を取りにいくだけだからさ。たっくんは興奮のせいか、どこかうわずった口調だった。たっくんは校舎の中へと一歩足を踏み入れる。そのまま私たちはたっくんを先頭に真夜中の校舎へと入りこんでいく。真っ暗な廊下を少し進んだところで、後ろから扉がゆっくりと閉じる音が聞こえた。

たっくんが懐中電灯を頼りに、目的地である三年三組の教室へと歩いていく。二人分の足音が誰もいない廊下で虚《うつ》ろに反響する。誰かが締め忘れた蛇口から水が滴る音が聞こえてくる。だけど、それ以外には何の音もしない。静寂ではなく無音。その言葉の方がしっくりくるような気がした。

「毎日通ってる廊下なのに、迷っちゃいそうだな」

「そんな怖いこと言わないでよ」

私たちは廊下を右に曲がり、左に曲がり、奥へ奥へと進んでいく。教室の扉に埋め込まれたガラスは、まるで何も存在しないかのように黒く塗りつぶされていた。光線に時折映し出される廊下の汚れが一瞬虫の死骸かと錯覚してしまう。警備の人や、泊まり込みに来ている教師の気配もない。この校舎にいるのは私たちだけ。私たちだけ。

「この階段で三階まで登ればすぐだ」

「え？　もうちょっと先じゃない。というかさ、こんなところに階段なんてあった？」

「何いってんだよ。グズグズしてたら置いてくぞ」

たっくんはいつもそうだ。ぶっきらぼうで、気分屋で、自分のことしか考えていない。相手がどんなことをされたらどれだけ傷つくかなんて考えもしない。最低な男。最悪な男。だけど、一番みっともないのは、こんな男を好きになった私だった。

「ねぇ、やっぱりなんか変だよ。帰ろう。忘れ物なんて、先生に謝れば済む話じゃん」

たっくんはこちらを振り返り、不機嫌そうに舌打ちをする。

「……うっせぇなぁ。うじうじしている女は一番嫌いなんだよ。あいつがそうだったからさ。山中《やまなか》に告ったのも、あいつとは全然違うタイプだからなんだぞ」

「……あいつ？」

その言葉に私は一瞬固まった。身体《からだ》の内側から寒気のようなものがこみ上げてくる。

「あいつだよ、俺が一年前付き合ってた金沢《かなざわ》。……ほら、俺と別れる別れないでもめて、学校で首吊《つ》った」

たっくんは苦虫を嚙《か》み潰したような表情を浮かべながらそう吐き捨てた。私はたっくんの顔をじっと見つめた。私はたっくんの態度が信じられなかった。まるで、自分がやったことなどすっかり記憶から抜け落ちてしまったかのような。まるで、自殺なんかされていい迷惑だと言わんばかりの、その態度が。

「さっさと教室に行って、さっさと帰るぞ。それでいいだろ、まったく」

たっくんはそう吐き捨てると、階段を登り始める。懐中電灯から漏れ出る光線が階段の上部を映し出した。しかし、階段の上の方は暗闇に飲み込まれてよく見えなかった。

「……たっくん」

たっくんの身体が固まった。目に見えない蠟《ろう》で固められたかのように。

「どうしたの？」

自分を好きになってくれた人をどうしてそこまで無下に扱うことができるのだろう。

どうして一握りの同情を示すことができないのだろう。

たっくんがゆっくりと振り返る。懐中電灯の光がたっくんの顔半分を照らし、もう半分は深い影で覆われていた。先ほどまで見せていた高圧的な表情はそこにはない。目は見開き、口は半開き。懐中電灯によって映し出された光の円は小刻みに震えている。

「今、なんて言った？」

「え？」

「今、俺のこと『たっくん』って呼ばなかったか？」

二人が小さく息を飲む。廊下の窓から、風に吹かれて木の葉が擦れ合う音が聞こえてきた。

「そんなこと言ってないよ……拓海くん」

二人は見つめ合う。二人の呼吸の音、二人の心臓の音が聞こえる。戦慄《せんりつ》と恐怖に急《せ》き立てられるように、音が少しずつ激しさを増していく。

「……帰るぞ。今すぐに」

二人は階段に背を向け、今来た道を戻っていく。二人分の足音が廊下に響く。ただし、さきほどよりもずっと荒々しく。

ねぇ、たっくん。覚えてる？　たっくんが校舎裏で私に告白してくれたあの日のこと。私とても嬉《うれ》しかったよ。私ってお世辞にも可愛《かわい》いとは言えないし、多分、一緒にいてもつまらない女だと思っていたから。誰かから求められるってことが、私を見てくれる人がいるってことが、こんなにも嬉しいことだなんて知らなかったよ。

告白してきたのはたっくんだけど、いつの間にか私のほうがたっくんなしではいられなくなった。だって、この世界でただ一人こんな私を必要としてくれる存在だったから。だから、どんなにひどいことを言われても、どんなにひどいことを求められても、私はたっくんのためなら何でもしたよ。

「ねぇ！　ここの廊下ってさっき通ったっけ⁉」

「知るか！　とにかく外に出れたらそれでいいんだ！」

男友達に陰で私の悪口を言ってても、私にやらせた汚らわしいことを周りに言い回されても平気だった。もちろん心は傷ついたよ。でも、仕方ないよね。私みたいな女と付き合ってくれてるんだから。私はそう自分に言い聞かせていた。どうせ最初から私は嫌われていたんだもの。いけ好かない女だって、生意気な女だって。みんなから嫌われていても、たっくんさえ、たっくんさえ私を必要としてくれたらそれでよかった。それでよかったんだよ？

昇降口の扉にたっくんが飛びつく。だけど、扉には鍵がかかっていた。たっくんは大声でわめきながら力任せに扉を押し引きする。錠が引っかかり、ガタガタとけたたましく音を立てる。二人がかりで扉をこじ開けようと、たっくんは後ろを振り返る。しかし、たっくんの視線の先には、自分の後ろをついてきていたはずの山中さんの姿はなかった。

「おい、山中！　山中‼」

馬鹿だったのは私だった。何も見えていなかったのは私だった。それでも私は途切れそうな糸であったとしても、それに縋《すが》り付きたかった。体育倉庫のホコリで覆われたマットの上で、私がたっくんに聞いたことを覚えてる？　私と一緒に死んでくれる。あの時たっくんはそう言ってくれたよね。

今まで経験したことのないような激情が内側からこみ上げてくる。激情は身体の中を暴れまわり、飛び出さんばかりの勢いで身体の内側を叩《たた》き出す。あの日のことを忘れたの？　あの日、私に言ったことを忘れたの？　私は一度たりとも忘れたことはない。あの日の心の痛みを、あの日の屈辱を。ねぇねぇねぇ！　答えてよ！

「くそったれが！」

たっくんが乱暴に扉を蹴る。重みを持った鈍い音が虚《むな》しく響く。私はゆっくりとたっくんに近づいていく。首に巻き付いていたロープをほどき、両手で端と端をしっかりと握る。大丈夫。心配しないで。意外に思うかもしれないけれど、思ってたよりも痛くないから。

付き合って二週間。遊園地へデートに行った時のことを覚えてる？　たっくんはあの日、他愛《たわい》もない冗談で私を笑わせてくれたり、歩き疲れていないかと気遣ってくれたよね。楽しい思い出もたくさんあった。でも、それももう良い。ただ今の私を突き動かしているのはたった一つの激情だった。

「たっくん」

たっくんの身体が再び固まった。私はロープをたっくんの首に回し、勢いよく引っ張った。

潔癖社会

『ありとあらゆるウイルスを100％除菌！　最新空気清浄機、ウルトラウイルスバスターDX』

高津《たかつ》静雄《しずお》が新聞を広げると、最近よく見かける空気清浄機の広告が目に飛び込んできた。静雄が不快そうにページを読み飛ばそうとすると、いつの間にか後ろに立っていた妻の沙知代《さちよ》が、ねちっこい声で静雄に語りかけてくる。

「隣の大木《おおき》さんもその空気清浄機を買ったそうですよ。旦那さんが空調メーカーで働いているのに、まだ買ってないのって笑われちゃいましたよ」

沙知代はそう言いながらため息をつき、食卓につく。静雄が最近の行き過ぎた風潮に対して言い訳がましく文句を言うと、そのブームのおかげでお仕事につけたんだから感謝してもいいじゃない、と沙知代が呆《あき》れたように言い返した。静雄は妻の言葉にムッとしながらも、正直図星でもあったため、そのまま何も言わずに新聞を閉じた。

いつからだろうか。ありとあらゆるウイルスや雑菌への拒絶反応が強くなり、空気清浄機や消毒殺菌剤の需要が爆発的に増えたのは。もちろん都市生活が浸透するにつれて、身の回りを『清潔』に保ちたいという意識が生まれたという歴史は静雄も知っていた。それでも、ここ最近の潔癖ブームはあまりに急で、徹底的だった。

テーブルの上にどれだけの雑菌が残っているのかを調べる計測器の発売を皮切りに、除菌率99%という含みを持たせた数字は、いつしか除菌率100%という数字へ変わっていった。徹底的な除菌を行ってくれる超高性能お掃除ロボットが家庭に普及し、お家《うち》丸ごと殺菌サービスというものも話題になっている。得体の知れないありとあらゆる菌、それらを一つ残らず消し去り、身の回りを清潔に保ちたい。人々の要求はとどまるところを知らなかった。

大学でこの前まで不安定なポスドクという地位にいた静雄が、大手の空調メーカーの研究所に採用されたのも、この潔癖ブームのおかげだった。潤沢な資金を使った研究はやりがいがあるし、支払われる給料だってそれなりのものだ。静雄は潔癖ブームに対して疑問は抱きつつも、効率的に、そして徹底的に除菌殺菌を行う方法を日々研究するのだった。

「我が『滅菌党』は、この社会からありとあらゆる雑菌を消滅させ、潔癖社会を実現させることを公約に掲げます！」

だからこそ、冗談みたいな政策を掲げた政党が結成された時も、静雄は当初もっとやれと心の中で囃《はや》し立てさえした。しかし、政党はブームに乗っかって支持を伸ばしていき、さらには静雄が所属する空調メーカーを始め、大手企業が相次いで政治献金を行い始めた。その結果、滅菌党は選挙で無視できないほどの議席数を獲得し、単なるおふざけ政党という枠では括《くく》れないほどの影響力を持つ存在になった。そして、選挙の翌月には、政権与党との連立政権が発足することが発表され、滅菌党は国の政治の中枢へ入り込むことに成功したのだった。

滅菌党は当初の公約通り、徹底的な潔癖社会を実現するための行動を取り始める。手洗いうがい、毎日三回の全身消毒の義務化。植物や土といったものを街から遠ざける雑菌隔離。空中散布や清掃による、街全体の定期的な消毒作業。静雄は次から次へと打ち出されるその施策に対してそんなものが受け入れられるはずがないだろうと思っていたが、彼の考えとは裏腹に、世論はその政策に対してかなり好意的であり、一見馬鹿げた政策のようにも思えるものが、いつの間にか国会を通過し、実施されていった。

結果、街から雑菌は姿を消し、街は清潔な場所で埋め尽くされた。前は不愉快な気持ちで歩いていた繁華街に至っては、吐瀉物《としゃぶつ》もなくなり、地面に寝転がったって何も問題ないくらい、常に綺麗《きれい》に保たれるようになっていた。最初はやりすぎだと静雄も思っていたが、実現された潔癖社会を前にすると、確かにこれは一種の理想郷だと思うようになった。

汚いものはみんな嫌いだし、それがなくなるように社会が変わっていくことは、進歩でもあった。いつしか静雄は自分の研究と、それがもたらす未来に対して胸を張っていた。そして、みんなが望むような潔癖社会をさらに推し進めるために、研究へ没頭していった。

＊＊＊＊＊

静雄が新種の寄生虫を偶然発見したのは、そんな潔癖社会がもたらされてから数年後のことだった。

潔癖社会が実現して以降、逆に研究することがなくなっていた静雄たち研究チームは、虫や寄生虫の研究へと領域を広げていた。早速静雄たちがその新種の寄生虫について研究を開始すると、ある面白い事実を発見した。その寄生虫を寄生させたマウスの行動を観察すると、食事の前に必ず水場へと行き、人間で言う手洗いのような行動を取るのだ。さらには毛繕いの頻度が増え、少しでも自分の身体《からだ》に汚れがつくと、ストレス値が異常なほどに高くなってしまう。潔癖症のマウスだな。静雄と同じチームにいた同僚は、笑いながらそんなことを言った。

どうして、この虫に寄生されたマウスは潔癖症になるのか。静雄たちが色々と調査や議論を進めた結果辿《たど》り着いた結論としては、宿主に細菌を除菌させることで、自分たちの生存率を上げているのではないか、というものだった。実際、その新種の寄生虫は生存能力が低く、ちょっとした雑菌や細菌と一緒にいるだけで死んでしまう、か弱いものだった。だからこそ、寄生主に天敵である雑菌への嫌悪感を生じさせ、間接的に自らの天敵を排除しているのではないだろうか？　静雄とともに研究所で働いていた優秀な研究員たちは、あくまで仮説ではあるが、そう結論を出した。

これを国民全員に寄生させることはできないだろうか？　この仮説を研究所内で発表した際、そこに参加していた人間がふとそんなことを言った。確かに最近は潔癖社会が実現されてはいるものの、手洗いうがいや一日三回の全身消毒を守らない人間が、少なからず存在している。この寄生虫を感染させることで潔癖への意識を高め、より潔癖社会を推し進めることができるのではないだろうかというアイデアだった。

研究発表はその斬新なアイデアの議論で盛り上がり、さらに人への寄生の可能性について研究を続けることで所内は一致した。プロジェクトのリーダーに任命された静雄もかなり興奮し、この研究が社会に与えるインパクトを想像するだけで胸が高鳴るのだった。

「はい。政府の公衆衛生政策は評価しています。だって、ほら、雑菌とか細菌って気持ち悪いじゃないですか。そんなものが周りにあるって考えただけで、吐き気がしますよ」

休憩時間。テレビに映し出された街頭インタビューを見ながら、静雄はその意見に激しく同意した。彼女の言う通り、かつては一過性のものだとみなされていた潔癖ブームはすっかり社会に定着し、潔癖であり続けることは社会の常識になっていた。より潔癖でいようとする人々の意識はさらに強くなっていたし、それに応えるように、静雄はがむしゃらに自分の研究へ没頭した。

国民のためにも、少しでも早くあの寄生虫の研究を推し進めなければ。静雄はさらに決意を固め、休憩時間が終わる前に、一人プロジェクト専用の研究室へと戻った。

そして、先ほどまで自分が作業をしていた実験室へと向かい、寄生虫を寄生させたマウスの様子を確認した。すると、つい先ほどまで元気に動き回っていたマウスがケージの端っこにうずくまっており、ピクリとも動かない。静雄が詳しく確認すると、マウスの身体には赤黒い斑点が浮かび上がっており、すでに死んでしまっていた。

静雄は他の研究員を集め、この現象について調べるように指示を出した。しばらくして上がってきた報告書に書かれていたのは、清潔な環境で天敵がいなくなり、寄生虫が増殖し過ぎると、宿主を死に至らしめるような有毒性を持ってしまうという研究結果だった。

「報告ありがとう。こんな危ない寄生虫を人間に寄生させるわけにはいかないな」

静雄は研究に取り組んでくれた研究員に感謝の言葉を述べつつ、内心は落胆していた。せっかく潔癖社会に役立てられると思っていたのに。静雄は大きくため息をつき、自分たちの研究に期待を寄せている役員たちにどのように報告しようかと頭を悩ませた。

その日、静雄は気を落とした状態で家に帰り、そのまま風呂に入って、研究内容について考えを巡らせた。そして、どうしてあの寄生虫を今になって発見することができたんだろうという今更な疑問が思い浮かんだ。研究によると寄生虫の生存能力は極めて低く、今まで絶滅していないのが不思議なほど。突然変異で最近になって現れたものとは考えにくく、どこかでひっそりと生き延びていたと思われるが、そんな寄生虫が安全に繁殖できる場所なんて一体どこにあるのだろうか。

静雄はなぜかそのタイミングで、テレビの街頭インタビューに映ったあの女性を思い出す。その女性と共に、いつの間にか雑菌や細菌を気持ち悪く感じるようになった潔癖ブームのことを考えた。昔は自分もそこまで潔癖症ではなかった。それでも潔癖社会が進むにつれて、いつの間にか自分も周りの人間と同じように、不潔なものを嫌うようになった。まるで人格が入れ替わったかのように。

静雄の中である一つの可能性が思い浮かぶ。それと同時にまさかとすぐに自分の考えを否定する。そのままぶつぶつと呟《つぶや》きながら静雄は湯船から上がった。そして風呂上がりだというのに青ざめた表情を浮かべたままリビングへと戻った静雄に対して、妻がどこか不安そうな表情で話しかけた。

「ねえ、あなた。なんか右腕に赤黒い斑点ができているんだけど、これって何の病気かわかる?」

にゃんだって!?

【西暦二〇XX年十月八日】

「突然ですが、誠《まこと》さん。明日の深夜、人間に対して猫が戦争を起こすことになっていて、その結果次第では地球の支配者が人間から猫に交代するかもしれません」

「にゃんだって⁉」

飼い猫ミリアの言葉に僕は自分の耳を疑った。冗談だよね？　と尋ね返すが、ミリアは人間みたいに首を横に振るだけ。人間が他の動物から恨みを買っているだろうというのは何となくわかってはいたけれど、よりによって猫たちが人間に対して戦争をしかけるだなんて到底信じられなかった。

「これを言ったら気を悪くしちゃうかもしれないけどさ、人間相手に勝てる見込みはあるの？　人間の軍隊はすごい武器を持ってるし、返り討ちにあっちゃうんじゃない？」

「勝てる見込みはあります。より正確にいうのであれば、戦争に勝てる可能性が一番高くなるのが、まさにこのタイミングなのだと、スーパーコンピュータによるシミュレーションで導き出されたんです」

それからミリアは人間が知らない猫社会の裏事情について語ってくれた。猫はずっと人間に対して戦争を起こすタイミングを計っていたこと。猫は人間の前では猫を被《かぶ》っていた一方で、裏では人間社会の科学技術や軍事機密を盗み出し、高度な軍事技術を開発していたこと。ミリアの話は事細かくて、現実味があった。だけど、正直猫が人間に対して戦争をしかけるという事実を信じることはできない。そもそもどうしてそれを人間である僕に教えてくれたの？　僕はふと思い浮かんだ疑問をミリアに伝える。ミリアはいつもの淡々とした口調で、何の権力も権限も持っていない僕に情報を漏らしても戦争には何の影響も出ないからと前置きした上で、もう一つの理由を教えてくれる。

「猫が人間との戦争に勝ち、地球を支配した後は、反乱分子になりえる人間の数をある程度減らす政策が実施される予定です。今まで人間が猫に対してやってきたことを、今度は人間が猫にされるということです」

「にゃんと！」

「しかしながら、人間の中にも、私たち猫を救ってきた人たちが一定数います。なので、彼らに関しては『名誉猫』の称号を授け、人間削減政策の対象から外すことが決められているんです。そして、誠さん。あなたには私を含め、数多くの猫の命を救ってくれたというご恩があります。なので私はあなたを『名誉猫』として推薦する旨の申請を行い、つい昨日、その申請が受理されたのです」

「にゃるほど……」

正直まだミリアの話は半信半疑だったけれど、とりあえず僕はこくりと相槌《あいづち》を打った。説明を終えたミリアは喋《しゃべ》りすぎて疲れてしまったのか、ふうっと一息つく。それでは、私は決起集会があるので出かけてきますね。ミリアはそう言い残して、玄関ドアの下についている猫専用の窓から外へと出ていった。家に一人残された僕はソファにもたれかかりながらゆっくりと猫と人間の戦争について考えてみたけれど、自分にできることはないという結論に至ったので、そのまま寝ることにした。

【にゃん暦一年三月二十三日】

ミリアの言う通り、人間と猫の戦争が勃発した。人間側が優勢になったり、猫側が優勢になったり、色々と情勢は移り変わったけれど、終始内部で分裂し続けた人間軍を、結束力の強い猫軍が押し切り、地球の新たな支配者は、人間から猫へ変わることになった。

猫政権が誕生し、年の数え方も西暦からにゃん暦に変更になった。一部人間勢力はレジスタンスとして各地で抵抗を続けているが、主要な都市や港はすべて猫の支配下に置かれ、テクノロジーを駆使した猫軍の圧倒的な軍事力の前では、その抵抗も長くは続かないと思われた。

僕は家のソファに腰掛け、テレビをつける。テレビ局も猫によって占拠されてしまったので、番組はすべて猫による猫のための放送だった。テレビでは、ちょうど猫軍とレジスタンスの局地的な戦闘に関するニュースが報じられていた。アナウンサーの猫が原稿を淡々と読み上げ、戦場の映像が映し出される。猫軍の軍事ドローンが山の上を旋回し、しばらくするとドローンから小型の爆弾が投下され、激しい爆発が巻き起こる。その後ニュース番組が終わり、猫政府によるプロパガンダ放送が流れ始める。何百回も繰り返し流れるその放送は、今まで猫が人間たちにどれだけひどいことをされてきたのかという歴史を振り返り、それから猫政府の正当性をやや誇張気味に訴えるというものだった。人間社会で研究されていた心理学をベースに作られたんですと、最初にこの放送を見た時にミリアが教えてくれた。

「そういえばだけど、会社も潰れて、無職になっちゃったんだよね。どこか働ける所ってない？」

「そうですねぇ。私が紹介できるのは猫缶工場くらいですかね……。あ、そういえば軍服製造工場を経営する知り合いがお手伝いさんを探してました。軍が徴収した人間の家を格安で買い取ったらしいんですが、何せあらゆるものが人間サイズで作られてるので、『名誉猫』の手を借りたいって言ってました」

「猫缶工場で働くよりかはお手伝いさんの方が向いてるかも。紹介して欲しいな」

「紹介することはできるんですが……そこまでして働く必要はないですよ？　私も稼ぎはそこそこありますし、人間を飼ってる猫なんて大勢いるんですから」

「前は僕が働いてミリアを養ってたけど、今じゃミリアが働いて僕を養ってくれてるからさ、何だか気持ちが悪くって」

　そういうもんなんですねとミリアが頷《うなず》く。

「そういえば話は変わるんですけど。人間と猫の戦争が始まってから、私たちの関係もちょっと変わっちゃいましたね」

「そう？　前もこうして一緒にソファでゴロゴロしてた気がするけど」

「少なくとも、前みたいに頭を撫《な》でてくれるようなことはなくなりました」

「あー、それはやっぱり前みたいに飼い主とペットという関係じゃなくなったからさ」

「私は別に気にしないですよ。前と同じように誠さんの好きなタイミングで好きなだけ撫でてくれても構わないですよ」

「にゃるほど……。それではお言葉に甘えて」

「ええ、どうぞどうぞ」

僕はミリアの頭を撫でる。頭を撫でられたミリアは喉をゴロゴロいわせながらミャーと鳴いた。


【にゃん暦にゃん年十一月七日】

ミリアに紹介してもらったのはコジローという名前のお年寄りの猫で、歩くときに尻尾《しっぽ》がピンと伸びるのが特徴的な雑種猫だった。元々は某財閥企業の取締役が住んでいたという広いお屋敷は、閑静な住宅街のど真ん中に建っていた。中はホテルと見間違うくらいにたくさんの部屋があり、かつての住人の趣味なのかその一つ一つの部屋に有名画家の絵が飾られていた。

僕は任せられた仕事を淡々とこなした。屋敷の掃除だったり、不要なものを処分したり、高い位置に置かれっぱなしになっていたものを下に下ろしたり、色々。この日、仕事が一段落したタイミングでコジローがお茶でもしようと提案してくれて、僕たちは広いお屋敷のこぢんまりとした書斎にて腰を下ろした。

「私は猫だけど、人間のことも嫌いじゃないんだ。正直、このことをおおっぴらに言うのは立場上まずいんだけどね」

コジローの言葉に僕はどういうことですか？　と尋ねる。コジローは眠たそうに瞼《まぶた》を半分閉じながら、長く息を吐いた後で答えてくれる。

「そりゃあもちろん、人間を憎んでる猫が多いからだよ。人間がペットとして飼ってる猫なんて世界中にいる猫の中でもごく一部で、その他大勢の猫は人間に虐げられ、そしてひどい目に遭わされてきた。人間の大半は猫のことを好きかもしれないが、猫の大半は人間のことが嫌いなのさ。そして何より、好きという感情よりも、憎いという感情の方がずっと強くて、簡単に消えてしまうことはない。猫や人間だけではなく、あらゆる動物においてそうだと私は思うね」

「じゃあ、コジローさんが人間が好きだって言わないのは他の猫たちに良く思われないからということですか？」

「良く思われないだけだったらまだしも、人間を心底憎んでる奴《やっ》らの中には、人間を好きだと言うだけで危害を加えてくる奴もいるからね。自分が憎んでるものを好きだと言われるのは自分を否定されることと同じくらいに苦痛だし、それを認めるのはとても難しい。人間との戦争後、猫の中にも人間を保護しようという者たちがいたが、過激派は彼らを襲ったり、残忍な方法で殺したりもした。君はこの前のニュースは見てないかい？　『名誉猫』制度を作った政治家が、過激派数猫に拉致されて、そのまま山奥で遺体として発見されたニュースだよ」

そのニュースは聞いたことがあったので、僕は頷く。

「上手《うま》い表現が見つからないんですが……人間みたいなことをするんだなって思いました」

その言葉にコジローがクスリと上品に笑った。

「君がいう人間みたいという表現はいつか猫みたいという表現に変わっていくんだろうね。そして、大事な家族を殺された猫が人間を憎んだように、猫に大事な家族を殺された人間は猫を憎むだろう。たとえそれが個人の一感情に過ぎないとしても、そうした個々の感情が集まることで、憎しみは歴史を変える出来事に変わり、そして歴史は同じ場所をくるくると回り続けるんだろう」

「にゃんというか、悲しくないですか？」

「悲しいよ。とても悲しい。だけど、こんな世の中じゃ、悲しくないことを探す方がよっぽど難しいんだよ」

そう言ってコジローはゆっくりと目を閉じた。眠ったのかなと思ったけれど、コジローは目を瞑《つぶ》ったままアイスコーヒーを淹《い》れてきてくれないかと僕にお願いしてきた。僕はわかりましたと言い、キッチンへ向かう。肌寒い季節なのに、どうしてホットではなくアイスコーヒーなんだろうとふと疑問に思ったけれど、ただ単純に猫舌だからだということに気がついて、僕はキッチンで一人笑った。

【にゃん暦にゃん年にゃん月十一日】

「突然ですけど、誠さん。私の死期がやってきたようなので、お別れをしなくちゃいけません」

「にゃんだって⁉」

一週間ほど体調を崩し、久しぶりに復調した矢先、ミリアは僕の目をじっと見つめてそう言った。

「そんな急に言われても、こっちは心の準備ができてないよ」

「ごめんなさい。でも、私も歳《とし》ですし、猫の平均寿命に比べたら随分と長生きをすることができました。それに、そもそも誠さんと出会わなければ、そこで尽き果てていた命です。もう思い残すことはありません」

「にゃんとかならない？」

「たとえ宇宙をポケットの中に入れられるようになったとしても、この世界から死というものをなくすことはできないでしょうね」

　最期は猫らしく、誰もいない場所でひっそりと死ぬつもりだとミリアは僕に告げた。

僕はミリアにかける言葉を探したけれど、どんなに頭を使ってもふさわしい言葉は見つからなかった。ありがとう。何とか言葉を振り絞ってそれだけ伝えると、ミリアは丸い瞳を少しだけ細めながら頷いた。

「そろそろ行きますね」

「うん」

「そういえばですけど、どうして猫は最期、誰にも見つからない場所で死を迎えるのかを知ってますか？」

「知らないけど、どうして？」

「いいえ、もし知ってたらお伺いしたかっただけです」

さようなら。そして、ミリアはいつものように、玄関ドアの下についた猫用の窓から出て行った。

　僕はミリアを見送った後で、ソファに一人で腰掛け、ミリアと初めて出会った日のことを思い出した。ミリアの前に飼っていた猫と出かけている時、まるで運命に引っ張られたみたいにいつもとは違う路地に入って、いつもは決して気にしないようなアパートのベランダの下に視線が向いて、視界の隅に血だらけのミリアの脚が映った。初めて出会った時のミリアは瀕死《ひんし》の状態で、それでも近づいてきた僕に対して、残りの力をふりしぼって憎悪のこもった視線をぶつけてきた。見た瞬間にもう助からないと思ったけれど、それでも目の前で死にかけているミリアを放ってはおけなくて、腕を爪で激しく引っかかれながらも彼女を抱き抱え、知り合いが経営する動物病院へ連れて行った。奇跡的に命は助かり、ミリアを家で飼うようになって、それから……。

回想を終え、僕は現実に引き戻される。広い部屋の中には僕一人だけ。寂しさのあまりテレビをつけると、テレビでは猫が猫のために製作したテレビドラマが放送されていた。そしてドラマの中で、失恋した美しい雌猫が、家の屋根の上で夜空を見上げ、呟《つぶや》く。

『この世界から私たちがいなくなったとしても、悲しいというこの気持ちはずっとずっと存在し続けるんでしょうね』

【にゃん暦にゃん年にゃん月にゃん日】

イギリスで『名誉猫』による連続殺猫事件が起こり、その結果『名誉猫』という制度そのものが廃止されることになった。犯人は、長年動物の保護活動を行っていた人物だったらしいが、なんでも夜な夜な一匹で歩いている猫を捕まえては首の骨を折って殺していたらしい。猫の間でも、全ての人間が凶暴というわけではないという意見はあった。しかし、被害者遺族のロビー活動や、猫たちの根底にあった人間に対する憎悪や嫌悪感が決め手となって、今まで猫と同じような待遇を与えられていた人間の特権は廃止されることが議会で採択された。

僕はテレビでそのニュースを見ていたけれど、正直『名誉猫』の廃止が僕にどのような影響を及ぼすのか全然分からなかった。すると、そのタイミングで部屋の呼び鈴が鳴る。誰だろうと思いながら玄関を開けると、そこには役所の制服を身にまとった一匹の若い雄猫がいた。

「ご存知の通り、『名誉猫』という制度自体が廃止されました。それに伴って、住居からの退去をお願いしたく訪問させていただきました」

ヒイラギと名乗った猫は、淡々とした口調で僕にそう告げた。

「『名誉猫』の廃止とともに、あらゆる公権や私権が新井《あらい》誠さんから剝奪されます。所有権や居住権がない以上、新井さんがこの家に住み続けることは法的に許されなくなるのです。したがって、すでに『名誉猫』としての資格を失った新井さんがこの住宅にいること自体が、他の猫の所有権を侵害している行為であり、私たちがこうして退去を求めた時点で、出て行ってもらわなければならないのです」

『名誉猫』制度がなくなることは承知していたけれど、住む家まで奪われるなんて聞いてない。僕は必死に抵抗を試みたけれど、彼は取り付く島もなく、何の権利も持っていない人間がこの家に住み続けることは不可能だという説明を繰り返すだけだった。

結局僕はこの家を出ていかなければならないことを悟る。僕はもう猫ではないので、行政を相手に裁判を起こすこともできないし、僕を守ってくれる人間社会もない。せめて荷物をまとめさせてください。僕がそう伝えるとヒイラギは頷き、承知してくれた。荷物を整理するまでの間、彼には部屋に上がってもらい、ソファに座って待ってもらうことにした。

「業務中にこんなことを話すべきではないとはわかってます。それでも、少しだけいいですか？」

僕が荷物をまとめていると、いつの間にかヒイラギが僕のそばにやってきてこう言った。

「にゃんでしょう？」

「私の母親はですね、人間によって殺処分されたんです。自分で死ぬ場所を選ぶこともできずに」

僕は手を動かすのをやめて、ヒイラギの方へと顔を向ける。僕はヒイラギが憎悪の眼差《まなざ》しでこちらを見つめていると思った。だけど、彼の表情は一言で説明できるようなそんな単純な表情ではなかった。恨みや憎しみだけではなく、そこにはまるで自分を恥じているようなそんな感情があるような気がした。人間を憎んでるんですか？僕の問いにヒイラギはこくりと頷いた後で、それでもどこか落ち着き払った調子で言葉を続けた。

「わかっているんです。色んな猫がいるように、色んな人間がいることも。私の母親を殺した人間と、目の前にいるあなたは別人で、人間の中には私たち猫を大切にしてくれる人たちもいるということも。だから、人間を徹底的に排除しようとする過激派の主張は間違っていると思いますし、過去の恨みから意味もなく人間を殺したりするなんて許されることではないと私は信じてます。

だけど、ダメなんです。どんなにそれが正しくても、理性的でも、正論だけじゃ私の胸の中にある気持ちはどうにもならないんです。私に優しくしてくれた母親の記憶が、母親が人間たちに連れていかれるときの絶望が、いつまで経《た》っても私の胸に焼き付いて離れない。憎い憎い憎い。人間が憎くてたまらない。あなたにこんな感情をぶつけるのは間違ってるってわかってます。あなたは今まで私たち猫を助けてくれた側の人間で、政治的な理由だけで酷《ひど》い目に遭わされようとしていることも知ってます。それでも、ダメなんです。だけど一方で、ここであなたの顔を爪でめちゃくちゃに引っ掻《か》いてしまったとしたら、きっと私は今以上に私を嫌いになってしまう。これからあなたをこの家から追い出すくせに、そんなことを言うなんてとあなたはお笑いになるでしょうね。だけど、せめて人間であるあなたに知っておいて欲しいんです。私のような猫がいることを、そして、その猫がこんなことを思っているんだということを」

言葉の最後は嗚咽《おえつ》まじりで上手く聞き取ることができなかった。それでも、彼が伝えようとしていることと、そして、彼が苦しんでいるという事実は痛いほどに理解できた。僕はただヒイラギとじっと向き合い続けた。僕からかけるべき言葉はなかった。少なくとも、僕はかけるべき言葉を思いつくことはできなかった。

「私の気持ち……わかってくれますか？」

ヒイラギが問いかける。

「わかるよ」

僕は答える。

「わかる。すごくわかる」

ありがとうございます。ヒイラギはそう言って頭を下げ、少しだけ潤んだ目を伏せて、元々座っていたソファに戻っていった。それから僕は荷物を再びまとめ始める。そして一時間ほどして荷造りが終わった後でヒイラギを呼び、それから家の鍵を彼に渡した。どうかお元気で。人間を心底憎んでいるヒイラギは、長年住み続けた家を去る僕に向かって、最後にそう言った。

【にゃんにゃんにゃんにゃんにゃんにゃんにゃんにゃんにゃん】

長年猫と一緒に生活していると、不思議と自分の身体《からだ》にも猫と同じような性質が現れてくるんだと思う。だから、ある日ふと自分が死ぬべき時が来たということを直感的に理解した時も、僕は不思議とそれをすんなり受け止めることができた。

『名誉猫』としてのあらゆる権利を失った僕は、野良人間として野宿生活を始め、ゴミ箱を漁《あさ》ったり、近所の優しい猫から食べ物をもらったりして命を繋《つな》いでいた。それでも、急な生活環境の変化に身体はついていけなかったし、もともと身体が丈夫ではなかったので、早いうちに限界が来るだろうと考えていた。

死ぬべき時を悟った僕は、次にどこで死を迎えようかということを考え始める。走馬灯のように頭の中を駆け巡る思い出の中で、僕はボロボロになった頭と身体で自分の最期にふさわしい場所を考える。そして、数多くあった思い出の中から、僕は一つの答えを導き出す。僕はずっと持ち歩いていた荷物をその場所に捨て、僕の最期にふさわしい場所へ向かって歩き出す。

死が近づいているということもあって、身体は経験したこともないほどに重く、頭の中は靄《もや》がかかっているみたいだった。それでも僕は目的地に向かって歩みを止めようとは思わなかった。道すがら屋根の上から、数匹の猫が僕の方をじっと見つめている姿が見えた。僕は彼らにちらりと視線を送ったけれど、彼らは表情を変えることもせず、ただじっと弱った僕を見つめるだけだった。僕は彼らから視線を外し、歩き続ける。しかし、彼らがいた民家の横を通り過ぎようとしたそのタイミングで、僕の右肩を鈍い痛みが襲った。衝撃で僕は膝をつく。自分の足元を見ると、陶磁器の花瓶の破片が地面に散らばっていた。僕がゆっくりと顔を上げると、さっきまで屋根の上にいた猫たちが、氷のように冷たい目で僕を見下ろしているのがわかった。

右肩の痛みは止《や》まない。それでも、僕は立ち上がり、再び歩き出した。また何かされるだろうかと思ったけれど、何の反応もない人間をいじめることに面白みを感じなかったのか、彼らが再び何かしてくることはなかった。僕を襲ってきた猫たちに対して、不思議と憎いという気持ちは湧いてこない。そして、憎いという気持ちを感じなかったことを、僕は自分で誇らしく思った。

引きずるように身体を動かし続け、体力も尽きかけたタイミングでようやく、僕は自分が最期を迎えるにふさわしい場所にたどり着く。古いアパートの一階、ベランダの下にある狭い隙間。僕はゆっくりとそこへ身体を忍び込ませる。

ここは僕が死にかけのミリアを見つけた場所だった。なぜここを死に場所に選んだのかは自分でもよくわからない。それでも、自分の人生を振り返った時、きっとミリアとの思い出の場所がふさわしいんだと思った。理屈じゃないし、しっかり考えたら、もっとふさわしい場所があるのかもしれない。それでも、僕はここを選んだ。自分が一人で死ぬ場所として。

僕は身体を動かす。すると、ふと背中に硬い何かがぶつかる感触がした。僕は寝返りを打って、背中に触れた何かを確認する。そこにあったのは、猫の白骨化した死体だった。肉が完全に削《そ》ぎ落とされた、骨だけの死体。それでも、僕はその死体がミリアのものだと直感的にわかった。わかったと言ったら語弊があるかもしれない。僕はその死体を、何年も前に一人で死んでいったミリアの死体だと考えるようにした。ミリアもまた僕と同じように、自分の死に場所を僕たちが出会った場所に選んだ。最期にそう考えても、別にバチは当たらないと思うから。

骨を見つけた瞬間から、まるで僕を上から操っていた糸が切れたかのように、身体全体の力が抜けていき、まぶたが重くなっていくのがわかった。経験したことはもちろんなかったけれど、これから死ぬんだってことは意外とわかりやすいんだなと僕は感心した。死が足音を立ててやってくる。だけど、別に恐怖とか孤独は感じなかった。

ミリアと同じように一人でひっそりと死ぬつもりだったけれど、結局僕は一人で死なせてはもらえなかった。薄れゆく意識の中でそんなことを考える。にゃんとまあ、不思議な巡り合わせだと僕は笑う。最後に手を動かして、骨になったミリアの頭をゆっくりと撫でる。もはや何も聞こえなくなっていた耳の奥の方で、ミリアがミャーと鳴く声が聞こえてきたような気がした。

永遠の青い春

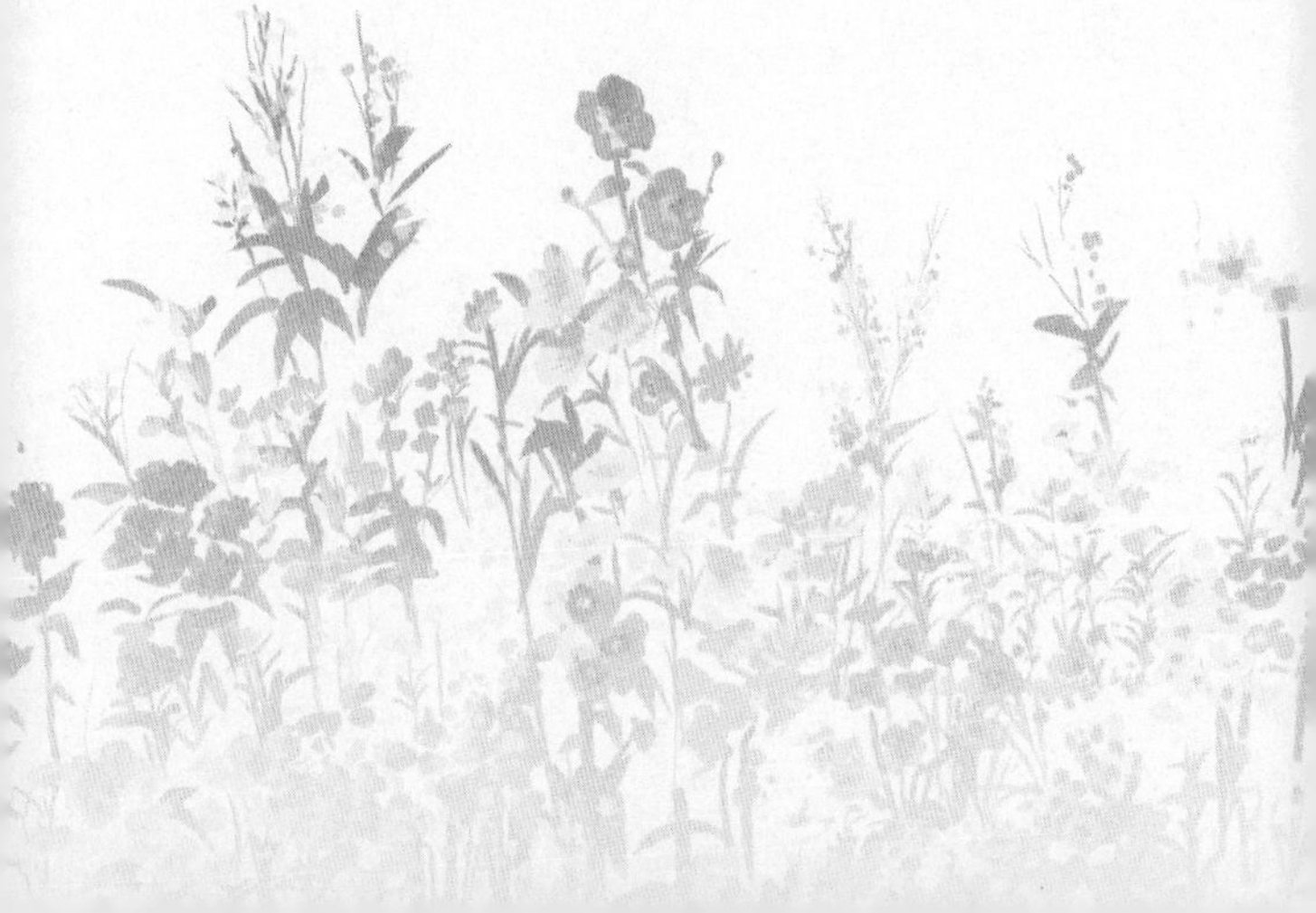

彼女の名前を呼ぶ。彼女が背中で手を組んだまま振り返り、美しい亜麻色の長髪がその動きにつられて揺れた。春の陽光を反射して瞬く砂浜の白い光の中で、彼女は照れくさそうに微笑《ほほえ》みを浮かべた。寄せては返す白波の泡立ちが足元で消えていく中、私はゆっくりと彼女のもとへと歩み寄り、彼女の折れてしまいそうなほどに華奢《きゃしゃ》な腰に手を回した。彼女はくすぐったそうに声をあげ、目にかかった前髪を手でよける。前髪に隠れていた彼女の右の瞳はしっとりと濡《ぬ》れ、長いまつげが覆いかぶさっていた。

彼女の頬に右手をあてる。若々しい肌は染み一つなく、白く透き通っていた。彼女は私の二の腕へと手を伸ばし、隆起した筋肉のでこぼこに沿って指先を這《は》わせる。私はたまらなくなって、彼女を力強く抱き寄せ、唇を重ねようとした。しかし、彼女は私の身体《からだ》を押し返し、下からのぞき込むように私の目をじっと見つめた。

「捕まえてみて」

情けない表情を浮かべていた私に、彼女はそうささやいた。そして、まどろみに沈む夢のようにするりと私の腕を抜け出すと、背中を向け、波打ち際を走り始めた。

私は煽《あお》られるままに彼女を追いかけた。時折砂に足を取られながらも、身体は羽のように軽く、心ははち切れんばかりの歓喜と幸福で満たされていた。陸へと吹き上がる風が海面に風紋を浮かび上がらせ、遠くからはカモメの鳴き声が聞こえる。私は右手を伸ばし、彼女の腕を捕まえる。彼女は大げさに笑いながら地面へと倒れこむと、私の手を両腕でつかんだまま引き寄せた。

私は彼女の上に覆いかぶさるように倒れ込む。膝と両手が浅く砂の中に埋まった。私たちはその状態のまま熱く見つめあう。彼女の頬は紅潮し、熱い吐息が口から漏れ出していた。彼女が私の顔を両手でつかみ、そのまま自分のほうへと引き寄せる。私はされるがままに顔を近づけ、長い口づけを交わした。世界が二人だけのために呼吸を止めた。そう思えるほどに、それは情熱的な口づけだった。

私たちは口を離し、もう一度口づけをする。呼吸する時間さえ惜しむように私たちは何度も何度も口づけを交わした。私は彼女の横へと倒れこみ、砂の上で彼女の身体を壊れるほどに強く抱きしめた。彼女の手が私の腰へ伸び、彼女の細く美しい脚は私の両足ともつれあう。絡まった糸くずのように私たちは身体と身体を密着させ、抱き合った。私は劣情に突き動かされるままに、彼女の首元へと口づけをした。彼女は甘い喘《あえ》ぎ声を発しながらも、私の顔を強く押し返し、先ほどと同じように私の目をじっと見つめ返した。

「もう時間だから……」

私はもう少しだけと彼女に迫った。しかし、彼女は小さく首を横に振り、私の右頬へ手を当てた。

「夕飯の支度をしないと」

またあとで、彼女とそう言葉を交わし、もう一度口づけを交わした。そして私たちは見つめあいながら、それぞれの右のこめかみに人差し指をあて、強く押下した。

＊＊＊＊

VRゴーグルを頭から外すと視界に見慣れたリビングの光景が飛び込んできた。同時に鉄球のような重みをもった疲労感が私の身体に襲い掛かる。腕を上に伸ばすと腰のあたりに鈍い痛みが走り、思わず顔をしかめてしまう。

横の椅子へ視線を向けると、隣に座っていた妻はとっくにVRゴーグルを外しており、太った身体を引きずりながらキッチンへと歩いていく途中だった。立ち上がり、腰に手をあてながら食卓の椅子へと腰かける。しばらくすると、コンビニの総菜を皿に移しただけの料理を持って妻が戻ってきた。妻はシワと染みが目立つ手で食卓に料理を並べていく。それらを並べ終わるとそのまま向かいの椅子に腰かけた。私たちはそれぞれのタイミングで箸を手に取り、食器をもつ。そして。私たちは目を合わせることもなく、ただ黙々と目の前の料理を食べ始めた。

音楽の配達人

「午後二時ちょうどに音楽を届けないといけないのに、セレン地区にすら入ってないの？　何があるかわかんないから早めに出た方が良いって、いっつも言ってるじゃん！」

会社支給のクラシカルバイクが鳴らすエンジン音に覆い被《かぶ》さるように、右耳にはめたイヤホンからエリスの声が聞こえてくる。僕は法定速度ギリギリでバイクを走らせながら、エリスに反論する。いつもよりちょっとだけ早く出たんだよ。でも、演奏家の人たちが納得いく演奏じゃないって言って何度も何度もやり直すから、その分だけ出発が遅れちゃったんだ。僕はハンドルを切り、寂れた交差点を曲がる。前輪が小石を弾《はじ》き、軽快な音を立てて転がっていく。顔をあげると、セレン地区まで残り三十キロメートルという標識が見えた。

「言い訳はしないの！」

エリスが僕の反論をピシャリとはねつける。

「いい？　私たちの会社はね、決められた時間に決められた音楽をお届けするっていう信念があるの。特に今回のセレン地区みたいに、一切の音が生まれなくなってしまった地区ではね、私たちが思っている以上に音楽は大事なものなの。先輩のカッシアとかサブローくらいバリバリ仕事をしろとは言わないけどさ、もっと自分の仕事に責任を持ちなさいよ。ああ！　思い出した！　そういえば前回も、前々回も配達した後にお客様アンケートを渡し忘れてたわよね！　ああいう小さな積み重ねが今後の仕事に繋《つな》がるんだって――」

「ごめん、エリス！　もうセレン地区に入るから切るね！」

エリスの声を遮って、僕は慌てて無線の通信を切った。セレン地区に入るにはもうちょっとだけ時間がかかりそうだったけど、まだまだ説教が長引きそうだったから早めに切ってしまいたかった。僕はハンドルを握りしめる力を強めて、バイクを走らせる。風を切る音が鼓膜を揺らす。すれ違った車のエンジン音が一瞬で遠ざかっていく。だけど、その一方で、周囲を取り囲むすべての音が少しずつ小さくなっていくのがわかった。それはまさにセレン地区へと近づいている証拠。それはまるで、水の中へと深く深く潜っていく感覚に似ている。バイクのエンジン音が、僕の呼吸の音が、すべての音が僕から遠ざかっていく。

『ようこそ！　セレン地区へ！』

そう書かれた標識の下をくぐり抜ける。その瞬間、かすかに聞こえていた音ですら聞こえなくなり、辺りが静寂に包まれた。

一切の音が生まれない地区。そこでは、花瓶が割れても、誰かが笑っても、レコードを再生しても、音が聞こえてくることはない。楽器を演奏することもできないし、誰かの歌声が誰かの耳に届くこともない。このような場所は無音地区と呼ばれ、世界のあちこちに点在している。セレン地区はそんな数多くある無音地区の一つだった。

しかしその一方で、無音地区があるからこそ、音楽の配達という仕事が成立している。無音地区はあらゆる音が発生しないというだけで、他の場所で発生した音であれば聴くことができる。他の地区で生み出した音楽を、筒状の特殊な道具に閉じ込め、それをお届けする。僕たち音楽の配達人はそのために存在している。音の生まれない世界に、音楽を届けるために。

頭の中に叩《たた》き込んだ地図を頼りに、僕は通りを進んでいく。エンジン音も、身体《からだ》が風を切る音も、この地区では一切聞こえることはない。音に溢《あふ》れた場所で生まれ育った人たちの中には、こんな場所には一時間もいられないと言う人もいる。音楽を日常的に聴けないなんて、この地区で生まれ育った人は可哀想《かわいそう》だと言う人もいる。だけど、個人的にはこの無音地区のことは嫌いじゃない。雑音一つ存在しないこの場所では、雨は音もなく降りそそぎ、樹々《きぎ》の葉も擦れ合う音を立てないまま風に揺れる。人の話し声も聞こえないし、自分の足音すら聞こえない。肌の奥深いところまで染み入るような本物の沈黙。まるで世界全体に優しく包み込まれたようなそんな感覚が、僕にとっては心地が良かった。

細かい路地を縫うように通り抜け、僕は配達先に指定されたセレン共立病院の駐輪場にバイクを止めた。手元の腕時計を見ると、配達時刻ギリギリ。始末書をかかずに済みそうだと、ほっと胸を撫《な》で下ろし、バイクの荷台に積んでいたカバンを肩にかける。

今回音楽の配達を依頼した人はブルーノ・ジョビンという名前の男性で、家や公民館ではなく、この病院のある病室に届けて欲しいとのことだった。受付で場所を聞き、配達先の病室へと向かう。音のない場所にいると、その分周囲の匂いと景色に敏感になる。いつもならあまり気にならない消毒液の匂いがやけに鼻につく。すれ違う患者の腕に貼られた点滴用のガーゼが目に留まる。音のない病院はどこか神聖さを感じ、心なしか全体が白く照っているような気もした。僕は目的の病室を見つけ、いつもの癖でノックをする。それから、ノックしても意味がないことを思い出し、ゆっくりと病室の扉を開けた。

病室では、綺麗《きれい》な栗《くり》色の長い髪をした若い女性が、丸椅子に座った状態でうとうとと舟を漕《こ》いでいた。そして、彼女の目の前に置かれたベッドには、彼女と同じくらいの年齢の若い男性が寝ている。ただ、その男性は固く目を閉じ、口には酸素マスクがつけられていた。腕には点滴の管が何本も繋がれていて、身体全体が枝のように細い。依頼人のブルーノ・ジョビンさんは彼だろうけど、どう見ても話しかけられる状態ではない。僕はちょっとだけ迷った後で、丸椅子に座っていた女性の肩を軽く叩く。彼女がビクッと身体を震わせ、横髪を耳にかけながら僕の方へと振り返った。

『音楽のお届けに参りました』

僕はセレン地区で採用されている、ハンザ・マックローラン式の手話でそう伝えた。彼女はありがとうございますと手話で返し、深々と頭を下げた。僕は女性の手話を見た瞬間、彼女がこの地区で生まれ育ったわけではないということに気がつく。無音地区で生まれ育った人ほど手話が流暢《りゅうちょう》ではなかったし、セレン地区特有の手癖もない。この場所以外で手話を勉強して、仕事か何かでこの地区にやってきたのかな。僕はカバンを肩から下ろしながらそんなことを考える。

カバンを開け、中から音楽が閉じ込められた筒を取り出す。今回配達する筒は小さめのサイズで、三十分程度の音楽しか入れることができない。それでも、この中にはプロの演奏家たちによる本物の演奏が入っていて、ずっしりと重たい。僕はその重みを感じながら、彼女に筒を手渡す。彼女はおずおずと筒を手に取って、それから困ったような表情を浮かべた。

『ひょっとして、使い方をご存知じゃないのですか？』

僕が手話で尋ねると、彼女はこくりと頷《うなず》いた。音楽の配達はそこそこ高価であり、頻繁に頼めるものではない。だから、無音地区に住んでいる人であっても、筒の使い方を知らないことはよくあることだった。使い方をお教えしましょうか。僕が手話でそう伝えようと手を動かし始めたタイミングで、彼女が凜《りん》とした目で僕を見つめ、それからぎこちない手話で伝えてくる。

『もしできるのであれば、今この場で音楽を鳴らしてくれませんか？』

配達のついでに使い方を教えることも、時間があれば代わりに音楽を鳴らしてあげることもある。だけど。僕はベッドに寝ている男性へと目を向ける。彼女もまた僕の視線に気がつき、同じようにベッドに横たわった男性へと視線を向ける。音楽の配達を依頼した人物が彼であるなら、音楽を鳴らすのは彼が起きたタイミングがいいんじゃないだろうか？　僕の頭に浮かんだ問いに答えるように、彼女が切なげに微笑《ほほえ》み、それから手話で教えてくれる。

『もう彼の意識が戻ることはないんです。明日、延命装置を外すことになっていて、せめてその前に彼の大好きだった音楽を聞かせてあげたいんです』

彼女は気丈に、そして自分を憐《あわ》れむような感情も見せずにそう伝える。僕は何か慰めの言葉を伝えようとしたけれど、彼女の決意とか色んな想《おも》いの前では全てが陳腐なもののように思えてしまい、止《や》めた。代わりにこくりと頷き、手に持った筒を開け始める。音楽が入れられた筒は片方の面が赤く塗られ、もう片方は青色に塗られている。音楽を詰める時は赤い面の蓋《ふた》を開けて、そこに音楽を吹き込んでいく。そして中に入った音楽を放出するためには、もう片方の青色の面を開ける仕組みになっている。蓋は密封するために固く閉じられていて、簡単には開かない。ぐっと腕に力を込めて蓋を回すと、ようやく力の抜けた感覚が手に伝わってくる。

蓋の隙間から微《かす》かに音が溢《こぼ》れ始める。僕は蓋に手を当てたまま彼女の方へと視線を向ける。お願いします。彼女が手話で僕にそう伝える。僕はベッドに横たわった男性へと視線を向けた。彼のまぶたは固く閉じられ、痩せこけた頬《ほほ》が、窓から差し込む陽《ひ》の光で白く照らされていた。

僕は呼吸をとめ、ゆっくりゆっくりと蓋を開けていく。中に閉じ込められていた音楽が、音が生まれないこの地区の大気を震わしていく。蓋を完全に開けると同時に、ピアノの繊細な旋律が流れ始める。雑音の混じらない和音が静けさに慣れ切った僕たちの鼓膜を揺らす。

僕はちらりと彼女を見た。彼女は音楽が流れてくる筒ではなく、ベッドに寝ている彼を見つめていた。長いまつ毛が翡翠《ひすい》色の瞳を物憂げに覆っている。それから僕は、彼女の口が小さく動いていることに気がついた。音のない場所だから、彼女が何を言っているのかはもちろんわからない。意識が戻ることのない彼に、何か言葉をかけているのだろうかと最初は思った。だけど、じっと観察していると、彼女の口の動きは奏でられている音楽に合わせて動いていることに気がついた。彼女は歌を歌っていた。この場所では誰も聞き取ることができない歌を、もう意識が戻ることのない彼に向けて。

静かな世界が、小さな筒に閉じ込められていた音楽で満たされていく。病室の窓から外を見てみると、向かいの病棟の廊下で、看護師と患者が目を閉じて耳を澄ませているのが見える。病室の窓を開けて、この部屋から聞こえてくる音楽を聴いている人もいる。皆が手を止め、足を止めて、どこからか聞こえてくる音楽に耳を澄ませていた。僕はその姿を見ながら、エリスが言っていた言葉を思い出す。あらゆる音と音楽に囲まれて生きている僕たちでは想像もできないくらいに、無音地区では音楽というものが何か不思議な力を持っている。僕はその言葉を頭の中で繰り返した。

終楽章に入ったタイミングで、僕はもう一度彼女に目を向ける。彼女はもう歌っていなかった。その代わり、背中を丸め、両手で顔を覆い、静かに泣いていた。何かに耐えるように肩を震わせ、誰にも自分の泣き顔を見られないように泣いているその姿は、とても美しかった。僕はじっと目を瞑《つぶ》り、音楽に身を委ねる。そしてしばらくして、最後の音が鳴る。周囲に鳴り響いていた旋律が溶けるように消えていき、耳の奥には、美しい和音の余韻だけが残った。

『子供の頃、シューナ地区の有名な合唱団に所属していたんです。彼とはそこで出会って、合唱団を退団した後も、大人になっても、ずっと一緒。この地区に住もうって提案してくれたのも彼なんです。音楽に人生を捧《ささ》げていた人間が、人生の最期を音のない場所で過ごすっていうのも何か変な感じですよね』

余韻すら消え、再び音のない世界に戻った後。僕の問いかけるような表情を見て、彼女がそう教えてくれた。彼女は懐かしそうに笑っていたけれど、目は赤く腫れていて、長いまつ毛は涙でうっすらと濡《ぬ》れたままだった。

『ここに住もうって言ってくれたのは色んな理由があったからなんだろうと思います。私たちの関係が周りの人たちから反対されていたっていうのもありますし、それと……私、自分の声が本当に嫌いだったんです。昔は合唱団で褒められていた声で、知り合いの中には素敵だねって言ってくれた人もいます。だけど、自分が声を発するたびにみんながこっちを振り返ったり、変な目で見られていることに段々気がついて、それが原因でだんだん喋《しゃべ》れなくなったんです。彼も近くでずっとそれを見ていて、色々と思うことがあったんだと思います。無音地区だったら、無理に喋る必要もないし、私の声を聞いて誰かがこちらを振り返るということもなくなるだろうって』

手話でそう説明した後で、彼女がゆっくりと微笑んだ。僕は手話でベッドで寝ている彼の病状のことを尋ねてみる。彼はそもそも重たい疾患を抱えて生まれてきて、医者からも長くは生きられないだろうと言われていたそうだ。僕はぐっと唾を飲み込んだ。自分でもよくわからない、込み上げてくる不思議な気持ちを押さえつけるために。

『後悔はしてません。彼と過ごした時間も、この地区にやってきたことも』

別れ際に彼女が手話で伝える。先ほどまで涙で赤く腫れていた目はいつの間にか、出会った時と同じような、凛とした目に戻っていた。僕は空になった音楽筒をカバンに入れ、肩紐《かたひも》を力強く握った。世の中には色んな人生があるという言葉があるけれど、その短い言葉ではきっと、世界中に存在する想いと歴史を語ることはできない。僕は彼女の凛としたその目を見ながら、ぐっとその言葉を噛《か》み締めた。

＊＊＊＊＊

「で、今回はちゃんとお客様アンケートを渡してきたんでしょうね？」

事務所に戻り、配達が完了したことをエリスに伝えると、彼女が皮肉たっぷりの声で僕に訊《き》いてくる。その問いかけと同時に僕の身体が固まる。事務机の下でエリスが貧乏ゆすりをする音が聞こえてくる。僕の背中を冷や汗が伝った。そんな雰囲気じゃなかったんだよ、という言い訳が通用する相手じゃない。僕は頭をフル回転させて、必死に言い訳を考える。

「い、依頼人のブルーノさんは病気で臥《ふ》せっていて、アンケートに答えられる状態じゃなかったんだよね！　音楽の受け取りは他の人がやってくれたけどさ、やっぱりアンケートは依頼した本人じゃないと意味がないっていうか……」

エリスの顔つきが険しくなっていくにつれて、僕の言葉が尻すぼみに弱くなっていく。エリスはペンをこめかみにぐりぐりと押し付けながら、呆《あき》れと怒りが半分ずつ混じった表情を浮かべていた。

「あのねぇ、言い訳するならもっときちんとした言い訳をしなさいよ」

エリスがため息まじりに言葉を続ける。

「依頼人のブルーノさんは入院中でもなんでもないわよ。入院しているのはブルーノさんのご友人。そのご友人に、音楽を聴かせてあげたいって理由でうちに配達を頼んだの」

僕のきょとんとした表情をよそにエリスの怒りのボルテージが少しずつ上がっていく。

「……というか、こういう事情もきちんと事前に説明したわよね？　音楽の配達人としてはそういう背景もできる限り知っておかなくちゃダメだって言って……。もしかしてあんた、話半分で聞いてたんじゃ……」

怒りが爆発する。僕はそう思ってぐっと身構えた。しかし、ちょうどそのタイミングで事務所の扉が開き、先輩配達人のカッシアが勢いよく部屋の中に入ってきた。彼女はいつものようなハイテンションで、険悪な空気などお構いなしにエリスに走り寄っていく。

「エリスちゃーん！　今日も頑張って配達してきたよ！　よしよししてー‼」

カッシアの突撃に対し、エリスが慌てて椅子を引いて後ろに下がる。それでもカッシアがさらに抱き着こうと飛びかかっていき、エリスがぎゃーぎゃー叫びながら引き離そうとする。助かった。僕は後でカッシアにランチを奢《おご》ろうと決意しながら、エリスにバレないようにそっとその場から離れた。

　それから僕は事務所の休憩室へ向かった。そこに置いてあるパソコンを使い、調べ物を始める。時間がかかるかもと思ったが、目的の情報はあっさりと見つかった。

『シューナ少年合唱団』。シューナ地区にある有名な合唱団はそれだけしか存在しなかった。僕はさらに調査を続け、十年以上前の画像を探し当てる。画像を拡大し、そこに写っている少年たちを一人一人確認していく。すると、一番前の列に立っている少年の顔に、セレン地区で出会ったあの人の面影を見つけた。髪は短く、少年らしい服を着てはいるものの、少女だと言われても驚かないくらいの中性的な顔立ちをしていた。

『私たちの関係が周りの人たちから反対されていたっていうのもありますし、それと……私、自分の声が本当に嫌いだったんです』

　色々と調べてみると、シューナ少年合唱団では声変わりと同時に合唱団を辞める規則になっているらしい。僕はあの人がたどってきた歴史と、それから自分の声が嫌いだという言葉の意味を考える。椅子にもたれかかり、頭の後ろで手を組んだ。あの人の歴史に想いを馳《は》せていると、音のない世界で聴いた旋律が頭の中で再生される。あの時は何にも思わなかったけれど、僕が配達したあの音楽は、合唱団の楽曲にもよく使われているものだった。ひょっとしたらあの人と、それからあの人の恋人が子供の頃に合唱団で歌っていた音楽なのかもしれない。頭の中で再生される音楽のボリュームが強くなる。じっと意識を研ぎ澄ませると、その演奏に重なって、少年たちのコーラスが聞こえてくるような気がした。

「パソコンで反省文でも書いてるわけ?」

振り返ると、そこには書類を抱えたエリスが立っていた。おてんばカッシアの相手をしていたせいか、かなり疲れていて、幸いなことにさっきまでの怒りの感情も収まっているようだった。

「なんというか……色んな人生があるなぁって」

「青二才が何言ってんの。そんなことよりほら、次の配達よ」

そう言いながらエリスが書類を渡してくる。そのタイミングで、事務所の方からかすかにクラシック音楽が聞こえてくる。またカッシアが勝手に音楽をかけてるわ。呆れた表情を浮かべながら、エリスが小さく微笑む。僕も彼女につられて微笑みながら、書類をめくった。

世の中には色んな人生があるし、音楽は不思議な力を持っている。音楽の配達人としてはまだまだ新人だけど、少しだけその言葉の重さがわかるような気がした。次は絶対にアンケートを渡し忘れないでよ。エリスの念押しをえへへと笑って誤魔化しながら、僕は次の配達に向けての準備を始めるのだった。

それでは
人生の答え合わせを始めます

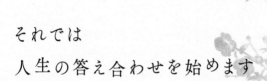

「それではこれより、坂本正晴《さかもとまさはる》様の人生の答え合わせを始めます」

末期癌《がん》と診断され、余命あと数ヶ月と宣告された私の病室を訪れた役人がそう言った。事前に連絡は受けていたものの、私は念のため、厚生労働省と印字された名刺が本物かどうかを確認する。それから、目の前の役人に対して、正直まだ半信半疑でいるため、この『人生の答え合わせ』が一体どういう制度なのかをもう一度説明してほしいとお願いした。

「この『人生の答え合わせ』は政府が打ち出している、国民総幸福量倍増計画の一環として行われています。人生の幸福量を増加させるためには、人生において正しい選択をする必要がある。では、正しい選択肢を選び続けられる人と、間違った選択ばかりしてしまう人、その人たちの間にはどのような違いがあるのか、政府はそれを調べているんです。坂本様も、今までの人生で色んな選択をされてきたと思います。それらの選択が最終的な人生の幸福量にどれだけ影響を与えたのかという観点で、選択の正答率を調べるということをやっているんです」

「……すいません。人生の選択で、正解とか間違いとかがあるっていうのがよく理解できないんですが」

「ええ、概念だけを説明してもあまりピンとこないと思います。なので、実際に人生の答え合わせをしながら、これがどういうものなのかを理解していただけたらと思います」

私は彼の言葉に同意し、とりあえず人生の答え合わせとやらを始めてもらうことにした。男は簡単な礼を述べた後で、バッグの中からタブレット端末を取り出し、準備を始める。しかし、そのタイミングで枕元のテーブルに置いていた携帯が鳴り、誰かからの着信を告げた。

「特に急いでいるわけでもないので、先に電話に出てもらっても構いませんよ」

私はゆっくりと携帯を手に取り、電話をかけてきた相手を確認した。そこに表示されている『晴香《はるか》』という名前を確認した後で、大した用事ではないから大丈夫ですよと男に返事をする。男は何か言いたげにこちらを一瞥《いちべつ》した後で、わかりましたと答えた。

「それでは一つ目の選択の答え合わせを始めましょう。坂本様が十歳、小学五年生の時ですね。当時片思いをしていたクラスメイトの鮫島愛子《さめじまあいこ》さんが他の学校へ転校することになり、坂本様は転校日の一週間前の夏祭りの日、帰り道で二人きりになった時に彼女に気持ちを伝えるべきかをお悩みになられました。この時のことを覚えていますか？」

「……ええ、覚えています。私の初恋の相手で、ずっと片思いをしていた子ですから。あの時の光景はおぼろげですが、今でも思い出すことがあります。結局そのタイミングで気持ちを伝えることができなくて、それからしばらくは後悔ばかりしていましたね」

「その坂本様の選択は『正解』でした」

「『正解』？」

「はい。当時の鮫島愛子さんですが、ある個人的な経験から恋愛に対して強烈な嫌悪感を抱いていたんです。もしあの日、坂本様が鮫島さんに告白をしていた場合、振られるだけではなく、彼女から強烈な拒絶をうけることになっていました。こちらで導いたシミュレーションによると、もし告白をしていた場合、彼女からの拒絶がトラウマとなり、その後何年もの間、恋愛関係を積極的に構築できなくなっていたはずです。その苦しみは、告白しなかったことによる後悔と比べて、より坂本様の人生を不幸にしていました。そのため、告白しなかったというあの時の選択は、坂本様の人生にとって『正解』だったと言うことができます」

男の説明を聞いて、私はなるほどと納得した。仕組みはわからないが、人生の答え合わせとはつまり、もし自分が他の選択肢を選んでいた場合に、私がもっと幸せになっていたかどうかを教えてくれるということらしい。人生の最後の最後で人生を振り返り、他にありえた人生を教えてもらうなんて皮肉なものだな。私が苦笑いをしながらそう呟《つぶや》く。男はそれに対して適当に相槌《あいづち》を打った後で、淡々と私の人生の答え合わせを進めていく。

「坂本様が中学三年生の時に両親が離婚し、どちらについて行くかを決めるよう、両親から迫られましたね。結果的に坂本様は父親について行くことを選択したのですが、この選択は『不正解』でした。母親の方へ引き取られていれば、父親の再婚後に家庭内に居場所がなくなることや、父親から暴力を受けることもなかったはずです」

「坂本様が高校二年生の時、当時の担任だった稲村雄介《いなむらゆうすけ》教諭に、暴走族グループから足を洗うように説得されましたね。結果的に坂本様は先生の言葉に従い、暴走族グループから脱退しました。ですが、この選択も『不正解』です。

あなたが暴走族グループから脱退しなかった場合、坂本様を可愛《かわい》がってくれていた先輩数人とともに地元の暴力団へ勧誘されることになっていました。もちろんその中でも苦労はありますが、その暴力団の中で坂本様は出世し、今よりもはるかに生活水準の高い生活を送ることができていたでしょう。暴走族をやめる際に受けたリンチによる後遺症、暴力団に入っていたら得ていた生活を考えると、総幸福量としては暴走族グループをやめない方が選択としては正しかったと言えます。

え？　ああ、そうですね。国としてはもちろん反社会的勢力に属することを推奨はできないのですが、この調査はあくまで個人の幸福という観点に絞ったものですので、倫理や道徳というものは考慮に入れないんです。

「また、坂本様が高校三年生の時、家出同然に家を飛び出し、しばらくしてから父親の再婚相手から絶対に帰ってきたらダメというメールを受け取ったはずです。その時、坂本様は差し迫ったメールの内容から、今家に戻らないと再婚相手や腹違いの兄弟に何かが起きるのではないかと考え、一度家に帰るのか、メールに従いこのまま東京にいる知人のもとへ行くかを悩みましたね。結果的に坂本様は、東京行きの新幹線に乗り、家に戻りませんでした。この選択は『正解』です。

もしあなたが家に戻っていた場合、怒りで我を忘れた父親からバットで激しく頭部を殴られ、そのまま帰らぬ人となっていました。死については省内でも色々と議論があるのですが、基本的に死へつながる選択は必ず不正解ということに決まっています。

はい……。はい……。ええ、あなたが新幹線に乗った後、あなたにメールを送ってくれた再婚相手の方が暴行を受け、全治六ヶ月の重傷を負ったことは知っています。ただそれはあくまでその方の人生の問題ですので、坂本様の人生の答え合わせとしては、それによる罪悪感がどれだけ幸福量を減少させたのかということしか関係がありません」

男は私のこれまでの選択が正解だったのかどうかを語り、私は時折相槌や確認を行う。男が語る人生の選択は、どれもこれも自分の人生におけるターニングポイントであり、その時の光景や感情は今でもありありと思い出すことができた。

少し早い人生の走馬灯だな。私は過去を思い出しながら、そんなことを思った。小学校の淡い初恋の思い出から始まった人生の答え合わせは、中学、高校、社会人時代へと進んでいく。そして、半ば夢見心地のような気分で答え合わせを聞いていた私の耳に、とある言葉だけが、鮮明な輪郭をもって聞こえてきた。

「……次は、坂本様が二十六歳の時。米田《よねだ》晴香様との結婚についてですね」

ぼんやりとしていた意識が現実に引き戻される。私は目を開き、男へと顔を向けた。

彼はタブレットで何かを操作しており、こちらを見ていない。しかし、ふと顔をあげ、こちらの視線に気がつくと、こういう大きな選択については考慮要素が多く、答え合わせもかなり難しいんですと表情を一切変えずに教えてくれた。

私はゆっくりと頷《うなず》き、男の言葉を待った。彼女との結婚を決めた日の記憶が蘇《よみがえ》ってくる。彼女の両親への挨拶。猛烈な反対。駆け落ち同然で出ていった街。彼女、そして子供たちとの思い出。そして、愛し合っていた彼女を傷つけたこと。すべて。

「答えが出ました」

私の思い出を遮るように男の無機質な声が病室に響き渡る。私は彼の言葉を待つ。そして、彼はゆっくりと顔をあげ、言葉を続けた。

「あくまで幸福量という観点ですが、米田晴香様との結婚は『不正解』です」

不正解と言われた私は少しだけ微笑《ほほえ》んで、そうだろうねと力無く笑った。男は不思議そうに私を見つめた後で、不正解の理由を淡々と述べていく。

「米田晴香様との結婚によって幸福なことも相当数ありますが、それを上回る苦痛や不幸が見受けられます。晴香様と結婚しなかった場合、坂本様は一生独身のまま寂しい中年時代を過ごすことになっていましたが、結婚しなければ、あれだけ嫌っていた父親と同じことを自分がしてしまうことに気が付いたり、愛するものを傷つける苦しみを経験することもありませんでした。

あと、ついでに説明しますが、結婚したことも不正解なのですが、離婚したという選択についても、不正解です。結婚生活を続けていても、別れていても不幸であることには変わりはないですが、別れなかった方がまだましという感じでしょうか。でも、そもそも結婚自体が不正解ですので、何とも言えない部分がありますけどね」

私は晴香に別れ話を切り出したあの日を思い出す。泣きながら離婚してくれと告げ、差し出した離婚届に判を押した時の、彼女の疲れ切ったあの表情を。最初からみんなに望まれた結婚ではなかった。学もなく、家庭環境にも恵まれていなかった私が、誰からも愛され、人を疑うことを知らずに育ってきた彼女と結婚することを一体誰が喜んでくれるというのか。私は彼女を愛していたし、彼女も、少なくとも初めは私を愛してくれた。

しかし、絶対に幸せにすると誓ったあの日の言葉が実現することは、なかった。だからせめてこれ以上不幸にしたくないという気持ちから、私は晴香に別れ話を切り出した。

「一つだけ、聞いてもいいですか？」

「なんでしょう？」

「私が彼女と離婚をしたのが不正解だったとして……彼女の人生からしたら、私との離婚を選択したことは『正解』だったんでしょうか？」

「申し訳ありません。プライバシーの問題ですので、お答えすることはできません」

私はそうですよね、と相槌を打つ。自分が不幸な目にあうのはもうどうでもよかった。親が離婚してからの人生なんて、正直ろくなものではなかったから。それでも、最後に自分が下した離婚という選択が、私にとってではなく彼女にとっては正解だったのか、それを知ることができなかったのは少しだけ残念だった。

視線を自分の携帯へ落とす。画面に表示されているのは、晴香からの不在着信。離婚してから、俺は彼女、そして子供たちとの関係を一切断った。もちろん彼らが私に会いたがっているとは思えない。いや、あれだけひどい目にあわせながら、それでも会いたいと思ってくれているなんて、あまりに都合の良すぎる解釈だと思う。余命わずかであることを彼女には伝えていないが、それでも最近になって電話がかかってくるようになったのは、入院する時に身元保証人になってくれた共通の友人が、勝手に病気のことを伝えたからだった。

でも、私に彼女からの電話に出るという選択肢はない。私にできることは彼らのこれからの人生に関わらないこと。そして、彼らの幸せを祈ること。それだけだった。

「それでは以上で人生の答え合わせを終わります。長い時間、ご協力ありがとうございました。坂本様の人生に関する情報を有効利用し、国民がよりよい人生を歩むための政策づくりへと繋《つな》げていきたいと考えております。協力金等については事前にお渡ししてある資料を確認し、疑問点等があれば専用のサポートダイヤルへご連絡ください」

男が定型文を読み上げる。私は彼にお礼を言って、最後に人生を振り返ることができてよかったとコメントした。彼がタブレットをカバンに仕舞い、帰りの準備を進めているのをじっと観察した。

「ところでですけど、私は人生の選択の中で、どれくらい正解できていたんですかね？」

何気なく発した言葉に男が反応し、カバンに入れたばかりのタブレットをもう一度取り出し、わざわざ確認してくれる。

「坂本様の人生の選択における正解率は四十八％ですね」

「それって低いんでしょうか？」

「いえ、平均で五十％前後ですので、高くも低くもないです。国としてはこの数字をなんとかしてあげたいと思っているらしいですが、私からしたら、人生なんて、結局はそんなもんだと思いますよ。人生の選択の半分くらいは間違いで、そんな間違った選択を繰り返しながら生きて行くのが、人間なんだと」

男はそれだけ言って、これはあくまで個人的な意見ですと補足する。

「ああ、それからこれは、本当にお節介かもしれませんが、一言だけ」

帰りの支度が済んで立ち上がり、こちらに背を向けようとしたそのタイミングで男が思い出したように語りかけてくる。

「結婚の選択について。私は『不正解』だとお伝えしましたが、これは本当にわずかな差でした」

「わずかな差？」

「ええ、もちろんお伝えしたような苦しみや苦悩があったのは事実なんですが、結局それを上回るような幸せな出来事があれば、選択としては『正解』になるんです。そして、坂本様の結婚生活ではたくさんの不幸と、それと同じくらいの幸せがあったということだけはお伝えしておきます」

「……今更そんなことを話して、なんになるんですか？」

男は私の目をじっと見つめた後で、テーブルの上に置かれた携帯へと一瞬視線を向けた。そして、もう一度私の顔を見た後で、言葉を続ける。

「余命が残りわずかと言っても、まだ人生は終わってないですからね。残りのちょっとした出来事や選択で、『不正解』が『正解』になることもあるんだと最後にお伝えしておこうと思って」

それでは失礼します。男はそれだけを言い残して、病室を去っていった。私は彼がいなくなった病室のドアをじっと見続け、それから彼が残した言葉を考え続けた。残りの短い時間の中で、人生の選択を迫られる場面なんてあるはずがない。分かっていながらも、携帯の画面に表示され続ける不在着信にどうしても目が行ってしまう。

私が彼女からの電話に出たとして、それが一体私の人生にどのような影響を与えるのか、それはわからない。結婚という選択が、『正解』へと変わるのか、それとも『不正解』のままなのか。私は頭の中で考え続ける。今までの人生と、それから初めて彼女と出会った、あの日のことを。

そのタイミングで電話が再び鳴ったのは、本当に運命の悪戯《いたずら》としか言いようがなかった。振動を続ける携帯の画面上に表示されているのは、かつて愛した妻の名前。私は無意識のうちに携帯に手を伸ばし、自分の胸元まで持っていく。

しかし、その瞬間。私が男に対して投げかけた、晴香の人生にとってあの離婚は『正解』だったのかという問いを思い出す。私と離婚してからの彼女の人生は共通の友人から聞いており、暴力を振るう男とは無縁の幸せな生活を送っているはずだった。

そこに、私が再び入っていくことが果たして彼女の人生にとっての『正解』なのだろうか？　私は携帯を持ったまま、動けなくなる。

「余命が残りわずかと言っても、まだ人生は終わってないですからね。残りのちょっとした出来事や選択で、『不正解』が『正解』になることもあるんだと最後にお伝えしておこうと思って」

走馬灯の最後に、男が残していった言葉が再生される。おそらくこれが、私の人生にとっての、最後の選択なのだろう。彼女からの電話に出るのか、それともこれまで通り、電話に出ないのか。深く息を吸って、もう一度画面に表示された『晴香』という名前を見る。彼女と過ごした幸せな日々、彼女を傷つけてしまった苦悩。いろんな思い出が頭の中をぐるぐると巡る。

私は覚悟を決める。

それからもう一度息を深く吸い、ぐっと奥歯を嚙《か》み締め、私は――

失恋花

長年付き合った彼氏と別れて、目が真っ赤になるほど泣いて、それから泥のように眠った次の日の朝。私の右目から、花が咲いた。

洗面台の鏡で確認してみると、眼球とまぶたの間から細長い数本の茎が生えていて、その先にはいくつか小ぶりな花がついている。花びらは純白で、真ん中の雄しべと雌しべは黄色。ちょっとだけ茎を引っ張っても、固い土に生えた草のようにびくともしない。もしかして何かの病気かもと思ってネットで調べてみると、これは「失恋花」という名前の軽い心身症で、私みたいな若い女性がよくかかるらしい。放っておけばそのうち枯れてなくなるということを知り、私はほっと胸を撫《な》で下ろす。

それから私は、もう一度自分の右目に咲いた花を観察してみる。ネットの情報によると、咲く花は人によって全然違うらしい。花の名前なんて今までまったく興味がなかったけれど、花の特徴をもとに名前を調べてみる。苦労の末、ようやく私の右目から咲いているのはアネモネという名前の花であることを突き止める。アネモネは春に咲く花で、花言葉は『恋の苦しみ』。その花言葉を見た瞬間、失恋の記憶がフラッシュバックする。色んなものを失って、散々泣いて、その置き土産がこれですか。自嘲混じりに私は笑った。それでも、失恋でできた心の傷はまだまだ痛んで、気がつけば私の右目から、そっと一筋の涙がこぼれ落ちていった。

ひどい失恋をしようが、右目から花が咲こうが、世界は私の事情なんてお構いなしに回っていく。私は右目に眼帯をはめ、何事もなかったみたいに出社して、それからいつも通り仕事をした。失恋のせいで右目から花が咲いているんですって言うのはなんだか悔しかったから、心配してくれる人にはものもらいなんですと言ってごまかした。それでも眼帯が不自然に盛り上がっていたから、バレバレだったのかもしれない。だけど同情はいらなかった。それは私の身勝手でもあり、ちっぽけな自分を守るための意地でもあったのかもしれない。

仕事が終わって、家に帰って、洗面台の鏡で右目に咲いた花をもう一度確認してみる。一日経《た》っても花はまだ元気に咲いたままで、今朝の様子と全く変わってないように見える。失恋の痛みが全然変わんないのと一緒だなと思わず笑ってしまって、それからまた、昨日までの幸せだった日々が頭をよぎる。私は花びらの先を指先で触りながら、彼氏と行った植物園を思い出す。展示されてるものとかにはそれほど興味はなかった。でも、その時は付き合ってすぐの頃だったから、二人でお出かけするってだけでとても楽しくて、柄にもなくはしゃいじゃって……。私は唇を嚙《か》み締めてぐっと涙を堪《こら》える。それから深く息を吐き、目を閉じた。花が咲いている方の右目は花のせいで完全に閉じることはできなかったけど、それでも少しだけ心が落ち着くような気がした。

失恋から一日が経ち、一週間が経ち、一ヶ月が経った。私は相変わらず失恋を引きずっていて、右目から花が生えている生活にもだんだん慣れてきた。花は一向に枯れる気配がない。それでも時間とともに、花びらは萎《しお》れていくし、茎の張りは弱くなっていく。毎日毎日観察していると、右目に咲いた花にも愛着が湧いてきて、少しずつ元気じゃなくなっていく姿を見ていると、やっぱりどこか寂しくなる。

早く枯れることを望んでいたのに、気がつけば私は、右目の花が元気になる方法を調べていた。これだという方法は見つからなかったけれど、水をたくさん飲んで、外に出て日光を浴びると良いなんてことが書かれていた。自分でもよくわからないままに、私はそこに書かれてある通りの行動をした。水をたくさん飲み、休みの日はできるだけ外出して、お日様の光を浴びるようにした。

失恋がきっかけで咲いた花のために、どうしてこんなことをやってるのかは自分でもわからなかった。それでもなぜか、右目の花のことを考えている時だけは、失恋のことを忘れることができた。今まで全く興味がなかった園芸の番組を録画するようになり、右目の花以外にも、室内で簡単に栽培できる植物を育て始めたりした。別れた彼氏のことを考える時間は少しずつ減っていって、水やりのタイミングとか、明日の天気のことを考える時間が少しずつ増えていく。ぽっかり空いた心の穴に、右目の花が収まっていく。時々昔のことを思い出して胸が苦しくはなったけど、それでも涙を流すことはなくなっていた。

「右目に咲いている花ですが、こんなに長い間枯れずにいるのは見たことがありません。一般的なものであれば放置しても大丈夫なんですが、このままにしておくと失明する危険性がありますよ」

かかりつけの眼科で、医者にそう告げられる。花のせいで右目が見えづらくなったのは確かだったけれど、失明の危険性があるだなんて思ってもいなかった。今すぐ摘出手術をしましょうと言われて、私はそのまま手術室へ連れて行かれる。

手術は一時間ほどで終わった。麻酔で感覚がにぶくなった頭部を動かして、摘出した花を見せてもらう。銀色のトレイの上に載せられた、アネモネの花。先ほどまで自分の一部だったその花を見て、私は深い喪失感を覚えた。だけど、それは失恋の時のような鋭い痛みでは決してなくて、まるで遠く離れた故郷を思い出すような、そんな切なさが入り混じった感情だった。

手術後の待合室で、診察に立ち会っていた看護師さんから呼び止められる。看護師さんは右目から取れた花で押し花を作る方法を教えてくれて、それからその押し花を栞《しおり》にしたらいいですよと言ってくれた。

すごく大事にお世話をされていたようなので。どうしてそんなことを教えてくれるんですかと尋ねた私に、看護師さんは微笑《ほほえ》みながら答えてくれた。ありがとうございますと私はお礼を言って、押し花を作るための道具を買って帰ろうと決めた。

「そういえば、アネモネの花言葉って知ってますか？」

看護師さんの問いに、私は『恋の苦しみ』ですよねと答える。すると看護師さんは、アネモネ全体の花言葉はそうなんですが、アネモネには花の色によってそれぞれ違う花言葉がついているんですよと教えてくれた。そうなんですねと微笑みながら相槌《あいづち》を打ち、そのまま病院を後にする。

押し花に必要な道具を百均で買って、帰宅後すぐに作り始める。ティッシュペーパーと新聞紙で花を包んで、それから重しとなる本でプレスする。押し花はすぐにはできないらしく、一週間から二週間ほど時間がかかるらしい。必要な作業を終え、一息つく。それからふと看護師さんとのやりとりを思い出し、アネモネの花言葉、その中でも私の右目から咲いていた白いアネモネの花言葉を調べてみる。

『希望、期待』

白いアネモネの花言葉はそんな前向きな言葉だった。失恋がきっかけで咲いた花なのに変なの。私は部屋で一人、小さく笑った。それから押し花にしている最中のアネモネの花へと視線を向けて、強張《こわば》った肩をほぐすようにぐっと背を伸ばす。

近所の書店へ本を買いに行こう。押し花で作った栞を挟むための本を。そう思い立ち、ソファに放り投げたままのバッグを手に取った。ニットのカーディガンを羽織って、フリルがついたサンダルを履いて、私は玄関から外に出る。玄関の扉を開けた先に広がっていた空は、眩《まぶ》しいくらいに鮮やかな青色をしていた。

同姓同名連続殺人事件

『ニュース速報です。昨夜宮城県仙台市のゴミ処理施設場にて、先週から行方不明となっていた田中実《たなかみのる》さんの遺体が発見されました。首にはロープで絞められた痕が残っていたことから、警察は同姓同名連続殺人事件との関連性を含めて捜査を進めている模様です』

テレビに映し出された昼間のワイドショー。アナウンサーが突然入ってきたニュース原稿を淡々と読み上げていく。横に立っていた司会者が同姓同名連続殺人事件について簡単な感想を述べ、さっきまで取り扱っていた新興宗教団体のスキャンダルの話題へ戻っていく。そのニュース速報に対し、休憩室でテレビを視聴していた俺は、声にならない呻《うめ》きを上げる。これでもう七十五人目ですね。横に座っていた警視庁捜査一課の同僚、竹内《たけうち》が疲れ切った声で俺に話しかけてくる。

「犯人のターゲットが田中実という名前の人間だっていうことは日本国民全員が知ってることなんだぞ。それなのに、なんでこうも簡単に殺されちまうんだ」

「昨日見つかった田中実さんに関して言えば、宮城県警の初動が遅れて、注意喚起が通達されていなかったようです。ですが、自分が殺されるかもしれないと分かったところで、殺されずに済んでたかと言われると微妙ですけどね。何せ相手は、手がかり一つ残さず、これだけの人を殺してる謎の犯罪組織なんですから」

竹内の言葉に俺は腕を組み、眉間に皺《しわ》を寄せた。同姓同名連続殺人事件。一ヶ月という短い期間に、七十名以上の人間が何者かによって殺されるという戦後最大の連続殺人事件。殺害方法も、殺害場所も、殺害日時もバラバラ。共通していることは一つ。被害者が『田中実』という名前だということだけ。

これだけ短い期間にこれだけの人間を一人で殺すのは不可能である以上、組織的な犯行だということは確定している。しかし、それ以外に俺たちがわかっていることはない。全国に張り巡らされた情報網を駆使してもなお、警察は犯罪組織につながる手がかりを何一つ摑《つか》めていない。犯人像も、犯行組織の規模も、そして何より、なぜ彼らは『田中実』という名前の人間を殺して回っているのかという動機も。

「対策本部でも色々議論されてますが、どうして田中実という名前の人間が殺されてるんでしょう。特別な名前ってわけでもないし、しかも同じような名前の人がうじゃうじゃいるのに」

「ああ、そうだな。それが一番の謎だ。テレビじゃ過去に同姓同名の人間に酷《ひど》い目に遭わされた人間による復讐《ふくしゅう》だと言ってるが、そんなことは考えられないな。あまりにも手口が巧妙だし、素人がやってるとは到底思えない。それにだ、いくら酷い目に遭わされたからって、同じ名前の人間を皆殺しにしてやろうだなんて普通考えるか？」

「坊主憎けりゃ袈裟《けさ》まで憎いって言いますしね。それに、普通の思考を持った人間ならそもそもこんな連続殺人事件なんておかしませんよ。だけどまあ、うちらも黙って見ているわけではないですしね。七十人以上の人間を殺しておいて、犯人が一人も捕まらないなんてありえませんよ。そのうち我々の手によってあっさり解決するとは思いますけどね」

俺たちが話してる所へ、同じく警視庁の対策本部チームに入れられている本庄《ほんじょう》がやってくる。何を話してるんだ？　本庄の問いかけに、竹内がちょうど同姓同名連続殺人事件の話をしてたんですと答える。すると、本庄はテレビへ視線をちらりと送った後で、顔色一つ変えずに俺たちに告げる。

「この後の対策本部で改めて報告されると思うが、先に教えてやるよ。ついさっき、全国規模で実施されていた調査の報告書が上がって来たんだ。その報告書には、この数年にわたって『田中実』という名前の人間の不審死や事故死が大量に存在していたということが書かれていた。……この意味はもちろんわかるよな？」

俺と竹内が顔を見合わせる。そして、本庄の言っている調査結果の意味を理解した瞬間、俺たちの血の気が引いていく。その不審死と事故死の件数はどれだけあるんだ？　俺が恐る恐る尋ねると、本庄はためらいがちにこう教えてくれた。

「この数年で発見された『田中実』という名の人物の不審死と事故死の件数は全国で六七二件。つまり、警察が他殺だと認定した七十五件を加えると、この数年間で奴《やつ》らは七四七人の『田中実』さんを殺したということになる」

＊＊＊＊＊

同姓同名連続殺人事件がこの一ヶ月で起きていたものではなく、過去数年にわたって行われていたこと。そして、その被害者の数がとんでもなく多いこと。この事実がマスコミを通じて世間へ知れ渡った瞬間、警察関係者および全国の田中実氏に激震が走った。テレビはこのセンシティブな話題を連日のように取り上げ、犯行を野放しにしていた警察に対する激しいバッシングが行われた。

確かにこの数年もの間、数多くの犠牲者を出してしまった警察の責任は重い。警察および日本政府はこの連続殺人事件を止めるため、総力を挙げ、犯人の確保及び全国の『田中実』氏の保護に当たった。今まで見過ごされていた事件の再検証や遺体発見現場の再調査が全国的に展開され、犯行が行われた街に設置されていた全ての監視カメラの映像が解析された。それと同時にこれ以上の被害者を出さないため、全国の田中実氏に対する警護が講じられることになった。

しかしその一方。数年間の犯行が明るみに出たことで、奴らもまた今まで以上に活動を激化させた。一月《ひとつき》に七十名程度発生していた殺人件数が翌月には倍になり、さらにその次の月にはその倍へと増えていった。警察は田中実氏の警護を強化したものの、全国に点在する何千人もの田中実氏すべてを守り切ることは難しかった。警察の網を掻《か》い潜《くぐ》るように一人、また一人と田中実氏の命が消されていき、警察はその様子を指を咥《くわ》えて見ていることしかできなかった。

これは単なる殺人事件ではない。国家に対するテロだ。

対策本部の責任者はそう口にした。彼の言う通り、これは連続殺人事件なんて生温《なまぬる》いものじゃない。正体不明の殺人集団による大量殺戮《さつりく》。奴らが全国の『田中実』さんを全員殺してしまうのが先か、それとも警察がそれを防ぎ、奴らを捕まえるのが先か。俺たち警察の威信とこの国の治安を懸けた、戦争だった。

俺たち警察はこのテロ行為に対し、総力を挙げて対応に当たっていた。しかし、連日増えていく被害者の数を前に、世間の警察に対するバッシングは強くなっていき、終わりの見えない闘いの中で現場はどんどん疲弊していく。俺もまた一警察官として、日本を守る人間として、心身全てを捧《ささ》げて捜査に取り組んだ。しかし、その中で俺はこの凄惨な事件に対する世間の反応に対して、どこか違和感を覚えているのも事実だった。

田中実っていう名前じゃなくてよかった。

田中実って名前の人、可哀想《かわいそう》。

SNSに溢《あふ》れるそんな言葉。俺はそれらの発言を目にするたびに、怒りのあまり我を忘れそうになってしまう。確かに殺されるのは田中実という名前の人間だけ。つまり、自分や自分の知り合いに田中実という人間がいないのであれば、どれだけ事件がむごたらしいものであろうと、自分には全く関係のない話。被害者が増えていく中、テレビではこの事件を取り上げることもだんだん減っていき、ニュースでは選挙のニュースへと話題が完全に移っていく。人の生き死にがかかっている事件の裏で、呑気《のんき》に当選落選の話をしているということが俺には到底信じられなかった。しかし、こんなことを考えても、今の俺にはどうすることもできない。俺にできることはただ一つ。全力で捜査に取り組み、そしてこの連続殺人事件を解決すること。それだけだった。

＊＊＊＊＊

「たった今、大分県警から連絡が入った。最後の生存者である田中実さんが亡くなったそうだ。連中に殺されたのではなく、殺されてしまうんじゃないかという恐怖から精神が錯乱し、ビルの窓から飛び降りたそうだ」

同姓同名連続殺人事件の対策本部が開かれてちょうど二年が経《た》った日。対策本部長の口から、受け入れ難い事実が伝えられた。会議室に集まった我々の顔はいずれも曇っており、中には自らの無力さを嘆き、項垂《うなだ》れているものも少なくなかった。我々警察の敗北だ。本部長が静かに呟《つぶや》く。

「しかし、やつらがまだ捕まっていない以上、事件はまだ終わりじゃない。数多くの人間を殺した連中を逮捕するという使命が我々にはある」

本部長の言っていることは正しい。しかし、その言葉を受け入れられるほど、皆気持ちの整理はついていなかった。会議の終了が告げられ、俺は竹内と共に自分のデスクへと戻る。長い間、休日返上で捜査に当たっていた竹内の目は死んだ魚のようになっていて、目元は真っ赤になっていた。竹内は何人かの『田中実』氏の警護を担当し、そしてその全員を守りきれなかった。その喪失感と無力感を、俺もまた痛切に感じていた。

五一一三人。これは連中によって殺害された全国の田中実さんの人数だ。我々はあらゆる手段を使って捜査を進めたが、結局犯行組織の全貌、そしてその目的すら摑むことはできなかった。この二年の間に十数人もの実行犯を追い詰めることができたものの、そのいずれもあと一歩のところで自ら命を断ち、結果的に何の情報も得ることはできなかった。彼らの自宅を家宅捜索してみても、ハードとソフトの両面で、ありとあらゆる証拠が隠滅されていた。こんなの素人集団でできるはずはない。家宅捜索に当たったたった科学捜査班は口を揃《そろ》えてそう言っていた。

実行犯と呼ばれる彼らの間のつながりを求めようにも、そのようなものは全くなく、犯行組織へつながる糸口を摑むことはできなかった。田中実氏を殺した組織は一体何者なのか、いや、その前になぜ彼らは田中実という名前の人間を全員殺さなければならなかったのか。その謎が解明されることなく、全国の田中実氏は彼らに命を奪われることになった。

「今まで日本で一番数が多い、同姓同名だった田中実っていう人が日本からいなくなっちゃったんですね……」

竹内がぽつりと呟く。俺は頷《うなず》きながら、今言った竹内の言葉に引っ掛かりを感じて尋ね返す。

「田中実っていうのは、日本で一番多い同姓同名なのか？」

「そうですよ。対策本部会議の最初の方でそういう報告があったし、テレビでも散々言われてたじゃないですか。結局そこには何の意味もなさそうだっていうことでそれからは話題にすらなりませんでしたけど。ああ、そっか。満島《みつしま》さんは途中から対策本部に入ったんでしたっけ？」

どこにその情報があるのかと尋ねると、竹内はそこまでは知らないと答える。俺は少しだけ気になり、自分の携帯で調べてみる。田中実という名前をネットで検索すると、連続殺人事件の記事ばかりがヒットしてお目当てのサイトが見つからない。それでも検索ワードを色々変えてようやく、それらしい情報を載せている個人サイトを見つける。

『同姓同名ランキング』

そのサイト名の通り、日本に存在する同姓同名の人物がその数の多さの順に掲載されていた。日本に存在するすべての名前を掲載しています。嘘《うそ》か本当かはわからないが、そのサイトにはそんな言葉が書かれている。このサイト運営者はどこかで日本の名前に関する研究を行っていたらしく、同姓同名の人がどれだけ存在するかという詳細な数字だけではなく、最後まで確認することができないほどに数多くの名前が掲載されていた。そして、そのサイトの一番上に表示されているのが、『田中実』氏で約五三〇〇人。それから、『佐藤清《さとうきよし》』氏が約四九〇〇人、『佐藤正《ただし》』氏が約四八〇〇人と続いていく。

そのサイトを前に、俺の刑事としての直感が何かを訴えかけてくる。俺は少しだけ迷った後で、この個人サイトの運営者と連絡を取った。運営していたのは関西に住むサラリーマンで、大学院時代に公開して以降、このサイトの存在すら忘れていたらしい。俺はダメもとでここのサイトの詳細なアクセスについて情報をもらえないかと尋ねてみると、その管理者は調べてみると承諾し、それから一週間後、サーバに残っていたアクセスログを送ってくれた。

これに何の意味があるのかなんてわからない。それでも俺は自分の直感を信じて、そのアクセスログの解析を行った。サイトのアクセス自体はここ最近になって急激に増えているが、それはこの同姓同名連続殺人事件発生後に田中実という名前で検索を行った誰かがたまたまこのサイトを開いただけなのだろう。それでも俺は根気強く過去のアクセスを解析する。すると、ふと、特定の時期にかけて散発的にこのサイトへのアクセスが集中している時期が存在することを発見する。その時期はいずれも、この事件が世間に知れ渡る前。胸の中がかすかにざわつく。俺はサイバー班の協力を得て、そのサイトのアクセス履歴と、実行犯の携帯や彼らの自宅の回線のIPアドレスとの照合を行ってもらった。ドンピシャです。実行犯全員が、この時期にこのサイトへアクセスしていました。俺が協力を依頼した同僚は少しだけ興奮した口調で調査結果を教えてくれた。

俺が発見した実行犯の共通点は対策本部に伝えられ、この時期にサイトへアクセスを行った全てのIPアドレスを洗い出すことが決まった。これがうまくいけば、まだ捕まっていない実行犯を炙《あぶ》り出せるかもしれない。今まで守りに回っていた我々捜査本部がようやく攻勢に転じる。その事実に皆が色めき立つのがわかった。

「それにしても、なんで実行犯たちはこのサイトを閲覧してたんでしょうね？」

会議終わりの休憩室。竹内がぽつりと呟いた言葉に俺は頷く。俺もまたその点について は気になっていた。この共通点を見つけることができたのは幸運だった。だがしかし、なぜそのような共通点があるのかという根本的な理由はわからないまま。すると、竹内の後ろに立っていた本庄が俺たちの話に入ってくる。

「別に理由なんてないさ。単純に自分が殺すターゲットである田中実という名前で検索をかけただけだろうな。ほら、実際この事件が発覚してからそのサイトへのアクセスが増えてるだろ？　それと一緒だよ」

「そうですね。あんまり深く考えても仕方ない気がします。それに守るべき『田中実』氏を失った我々としては、もう攻めるしかないですからね。犯罪組織を一網打尽にしてからゆっくりと話を聞けばいいんですよ。そのサイトを閲覧していた理由も、そして『田中実』という人物を皆殺しにした理由もね」

俺は二人の言葉にそうだなと相槌《あいづち》を打ちながら、本庄の言葉に引っかかりを感じていた。証拠隠滅のために、徹底して統率されていた彼らが、そんな単純な理由だけでこのサイトを閲覧していたのだろうか？　何の目的もなしに、ただのネットサーフィンでそのサイトを開いただけなのだろうか？　それも俺たちが把握していた実行犯が全員？　俺は手元の携帯でもう一度サイトを確認してみる。しかし、そこに書かれているのは単なる同姓同名のランキングだけで、何らかの隠れたメッセージがあるとは到底思えなかった。日本に存在するすべての名前を掲載していますという言葉。それから、『田中実』氏が約五三〇〇人、『佐藤清』氏が約四九〇〇人、『佐藤正』氏が約四八〇〇人、そしてランキングが続いていく。それだけのサイト。

俺はもやもやを感じながらも、竹内の言う通り、これ以上考えても仕方ないと思うことにした。俺たちにできることは奴らを逮捕し、犠牲となった『田中実』氏の無念を晴らすこと。それだけだ。それに言い方は悪いかもしれないが、殺害対象となっていた『田中実』氏がいなくなった以上、彼らへの警護に当てていたリソースを全て、捜査へ回すことができる。我々は攻めるしかない。まさに竹内の言う通りだった。

俺たちはそのままどうやって実行犯を追い詰めていくかという議論を始める。俺たちの後ろに置かれたテレビでは、ちょうど正午前の昼のニュースが放送されている。画面の中の女性アナウンサーが、まるで他人事《ひとごと》のように、たった今届けられたニュースを読み上げていた。

『先ほど新宿区の高架下にて、会社員の佐藤清さんの遺体が発見されました。首にはロープで絞められた痕が残っていたことから、警察は他殺の可能性を含め捜査を進めており――

反抗期予防注射

「喜多方《きたかた》さん、診察室へどうぞ」

看護師に呼ばれ、赤ん坊を抱きかかえた若い女性が診察室に入ってくる。女性は看護師に勧められるがまま、荷物とコートをラックに置き、丸イスに腰掛けた。

「えーと、娘さんの予防注射を受けにいらっしゃったんですよね？　乳幼児定期予防接種と、あとは任意予防接種もですか」

「そうなんですよ。なんか、区役所から連絡が来て～、赤ちゃんは全員受けないといけないとかなんとかで。それで、だったら一緒に他の予防注射も受けさせようかなって思って」

医者は眼鏡をくいっと持ち上げ、満足げな笑みを浮かべる。いくつかの入力項目を打ちこみながら、看護師に奥にしまってある予防注射リストを持ってくるようにお願いした。

「いやはや、偉いですね。最近は面倒臭がって、なかなか来ようとしない人も多いんですよ。あなたのようにしっかりしたお母さんがもっと増えたらいいのですがね」

赤ん坊をあやしながら、母親が照れ笑いを浮かべる。赤ん坊は無邪気に両手を上に伸ばし、母親の服の袖を握っている。

「で、任意予防接種はどんな種類のものを？」

「『反抗期予防注射』をお願いします。ＳＮＳを見ていて思ったんですけど、反抗期がいくら大事だって言われても、やっぱり親としてはできる限り自分の思い通りに子育てしたいじゃないですか〜。お医者さんもそう思いません？」

「おっしゃる通りですね。やはり、その予防注射は最近の若いお母さん方に人気なんですよ」

医者は看護師が持ってきた分厚いファイルを受け取り、机の上で開いた。予防注射の名前とその効能が一覧化されており、母親が注文した反抗期予防注射の項目を探し出そうとする。

「あ、そうそう。今、当院ではキャンペーンを行ってましてね。予防注射を一本受ける方は、もう一本別の予防注射を無料で受けられるんです。どうしますか？」

「え？　無料で受けられるんですか⁉　絶対、受けたいです！　すごいラッキー！」

医者がどれを追加で注射しますかと尋ねると、母親は眉をひそめながら考え込んだ後、おすすめはありますかと尋ね返す。医者は苦笑いを浮かべながらリストをパラパラとめくりだす。

「最近人気があるのは、『好き嫌い予防注射』とか、『出しっぱなし予防注射』とかですかね。どちらも子育てが随分楽になるってもっぱらの評判ですよ。でもですね、個人的にこれなんかおすすめですよ。『売れないミュージシャンとの恋愛予防注射』」

母親は医者が指差した項目を確認しながら、怪訝《けげん》な表情を浮かべた。

「え〜、そんなの役に立ちます？」

「いやいや、万が一に備えるってことは重要ですよ。実際、私も変にお金をケチって娘に受けさせなかったせいで、ちょっとした家庭のいざこざが起きてましてね」

医者が恥ずかしそうに頬をポリポリかき、後ろの看護師が口に手を当て、忍び笑いを漏らす。母親は医者の発言について考えた後、やっと意味を理解し、おかしそうに笑い声をあげた。

「そう考えると、良いかも。やっぱり、売れないミュージシャンとか売れない俳優とかと付き合ってる友達はみんな大変そうだし。娘にそんな思いはさせたくないな〜。それにしちゃおっかな」

「あ、すみません。伝え漏らしましたが、この予防注射はミュージシャンとの恋愛だけにしか効かないんです。俳優に関してはまた別に、『売れない俳優との恋愛予防注射』を受けなくちゃいけないんです。ご一緒にどうですか？」

母親は少しだけ逡巡《しゅんじゅん》した後、お願いしますと医者に伝えた。医者は満足そうに頷《うなず》くと、ゆっくりと立ち上がり、後ろの部屋へと注射器とワクチンを取りに行った。看護師が持つ銀色のトレイに注射器を並べ、再び若い母親の真向かいに腰掛ける。トレイの上には黄色のテープが貼られた三本の注射器と、紫色のテープが貼られた注射器が並べられていた。

看護師が赤ん坊の小さな腕の袖をめくり、待合室で予《あらかじ》め貼ってもらった麻酔パッチを剥がす。脱脂綿で綺麗《きれい》に消毒した後、医者が黄色のテープが貼られた三本を手際よく注射していく。麻酔で痛みを感じない赤ん坊は物珍しそうに、自分の腕に針が刺されていくのを見つめていた。

「さて、では最後にこの紫色の予防注射を打って終わりですね」

「その注射って今は赤ちゃんの時に注射しておくようになったんですね。私は中学の時に受けましたよ」

「そうでしょうな」

医者は注射針を赤ん坊に刺しながら愛想笑いを浮かべた。

「国の政策で、公立の中学校では必ずこの予防注射を生徒に接種させる必要があったんです。それでもまあ、早いうちに接種しておくに越したことはありませんからね」

看護師がこれで終わりだと告げると、母親は礼をいい、立ち上がる。

「やっぱり、予防注射を受けに来てよかった～。SNSで拡散しなくちゃ」

母親はそう言い残すと、赤ん坊とともに診察室を出ていった。看護師がトレイを後ろの部屋へと片付けに行き、医者は空の注射器を使用済みトレイの中へ片付けていく。

しかし、最後の紫色の注射器を片付ける時だけ、医者は後ろを振り返り、看護師が近くにいないことを確認した。それから鍵のかかった引き出しを開け、その中にあったトレイの中に注射器を収納する。

医者が紫色の注射器を入れたトレイにはこのようなラベルが張ってあった。

『賢くなりすぎ予防注射』

思い出、売ります

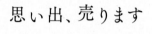

「こちらが今回ご紹介させていただく商品、『旅先でのアバンチュール』となります」

対面に座った女性店員が分厚いアルバムを机の上に置いた。俺はアルバムを手元に引き寄せ、最初のページを開く。中には異国情緒溢《あふ》れる写真が綺麗《きれい》に収められていた。石造りの建物が両脇に並ぶ大通り。外国人カップルがお喋《しゃべ》りを楽しむオープンカフェ。街の中心を流れる運河。俺は一枚一枚を食い入るように観察する。逆光で全体的に暗い写真も、少しだけアングルがおかしい写真も、どれもが旅先の息遣いをリアルに感じさせるような一枚だった。

「これは提供者が大学三年の長期休み、ヨーロッパを一人旅した際の思い出となっております。七泊九日の旅の中で、提供者はイタリア、ギリシア、ドイツなどの各国をゲストハウスに宿泊しながら巡ったようです。今ちょうどご覧になっているのは、イタリアのベネチアを観光している最中の写真ですね」

店員の説明を聞きながら、次のページをめくる。同じような街並みを撮った写真が並ぶ中、右端に一人の可愛《かわい》らしい日本人女性が写った写真があった。女性は大学生くらいで、ぎこちないピースサインとはにかんだ笑顔をカメラに向けていた。

「お気づきになりましたか？」

写真の中の女性を見つめていると、店員は少しだけ声の調子を上げた。

「この女性がこの旅での恋のお相手となります。彼女は分子生物学を専攻している関西の大学院生で、提供者と同じく、長期休みを利用してヨーロッパの一人旅をしていた方なんですね。旅先のバスで偶然隣の席に座り、趣味が同じ読書ということもあって、意気投合。その流れで残りの旅程を二人で回ることになったようです」

次のページをめくると、女性の姿が写った写真の比率がぐっと増していた。土産物店の前で、売り物の民族帽を試着している彼女。支柱に手を置き、好奇心に満ちた目で神殿を見上げる彼女。移動中のバスでうとうと微睡《まどろ》む彼女。彼女の膝の上には、読みかけのフランツ・カフカの『審判』が、裏返しの状態で置かれている。

「旅の中で色んな話をして、同じものを見て感動して、宿代がもったいないからという理由で二人部屋のホテルに泊まって、それから……まあ、やることをやったというわけです。その写真がその時のホテルで撮ったものです」

店員がアルバムの中の一枚の写真を指差した。半裸姿の彼女がダブルベッドの上に仰向《あおむ》けに寝転がり、眠たげな視線をこちらに向けていた。女の色気を帯びたその瞳は少しだけ濡《ぬ》れているような気がした。

俺は何も言わず店員の説明を聞き続けた。女性とそういう関係になったことも、外国に行ったことも、ましてや大学に行ったこともない自分にとって、店員から聞く旅先の思い出話はまるでおとぎ話みたいなものだった。

俺は一枚一枚ページをめくり、写真の中の彼女の姿を目で追った。ページが進むにつれて、彼女とカメラとの距離は近づいていき、そして彼女は綺麗になっていった。

「これを……私の思い出にできるということなんですか？」

顔を上げ、店員に尋ねる。その通りです、と女性店員は頷《うなず》き、説明を続けた。

「この思い出は私たちがすでに買い取り済みでして、元々の提供者もこの思い出に対する権利を放棄しています。そのため、今日契約のサインをしていただければ、その時点からこの思い出はお客様のものとして法的に認められることになります」

「でも、この女性については……」

「その点についてもご心配なく。すでに我が社から彼女とコンタクトを取り、正当な価格で、思い出に対する権利を買い取ってあります。そのため、彼女から思い出に対する権利確認訴訟が提起されることもありません。で、肝心のお値段なんですが……」

女性店員は一呼吸置いた後、机の引き出しから見積書を取り出し、差し出してきた。

見積書に記載されている思い出の買取価格を確認する。フリーターの自分にとって決して安い金額ではない。それでも、この思い出が自分のものになるという誘惑は抗《あらが》いがたいものだった。

「弱い人間であるならば、自分を誇れる人間でないならば、縋《すが》りつける思い出を一つでも多く持っておくべきだと思いますけどね」

俺は目を閉じ、色彩を欠いた自分の過去を振り返ってみる。その中に、今の自分の生活を精神的に支えてくれるような思い出は見当たらなかった。この思い出さえあれば。この思い出さえあれば、罵倒される毎日も、嘲笑される毎日も、少しは楽になるのかもしれない。

「買います」

俺は震える声でそうつぶやいた。店員は満足げに微笑《ほほえ》み「お買い上げありがとうございます」と機械的に言葉を唱える。俺の意思が変わらぬうちにと、彼女はすばやく契約書を引っ張り出し、サインをするように促した。俺は分割払いで支払うことを告げ、店員にクレジットカードを手渡す。そして、机の右に置かれたボールペンを手に持ち、手の震えを抑えながら、契約書にサインをした。

店員は契約書を受け取り、その控えを俺に渡す。その後、思い出に対する権利うんぬんの事務的な説明を一通り行った後で、手続きはこれで終わりだと淡々とした口調で告げた。俺は店員からもらった手提げ袋に契約書とアルバムを入れ、立ち上がる。店員も立ち上がり、先回りして店の扉を開けてくれた。俺は軽い会釈をした後で、ふと脳裏によぎった考えを店員にぶつけた。

「あの……高いお金を払ってはいるんですが、本当に俺がこの思い出をもらって大丈夫なんでしょうか?」

「というと?」

店員はキョトンとした表情を浮かべながら聞き返す。

「いえ、元々の持ち主に少しだけ申し訳ないと言うか……。だって、こんな素敵な思い出を手放すわけですから……」

俺がとぎれとぎれにそう説明すると、店員は手を口元にあて、おかしそうに笑った。そして彼女は、悪意の一切ない、穏やかな微笑みを浮かべながら言った。

「アハハハ、大丈夫ですよ。元々の持ち主の方は、他にもたくさん素敵な思い出を持っていますから。思い出を買いにくるお客さまとは違って」

またのご来店お待ちしております。店員は無邪気な笑顔を顔に貼り付けたまま、ゆっくりと店の扉を閉める。俺は呆然《ぼうぜん》と立ち尽くしたまま、右手に持った手提げ袋へと視線を落とした。袋の中からアルバムを取り出し、感情のままに振り上げた。しかし、俺はそのまま固まり、ゆっくりと振り上げた腕を元に戻した。アルバムを両手で抱え、力強く抱きしめる。ざらざらとしたアルバムの表紙をそうっと手でなでると、写真の中の彼女の姿がまぶたの裏に浮かんだような気がした。そのまま俺は背中を丸め、誰にも盗《と》られないように強く強くアルバムを抱きしめたまま、思い出を売る店を後にした。

運命じゃなかった人

「突然こんなことを言われてもびっくりしちゃうだろうけど、君たちは将来結ばれる運命にあります。いわゆる運命の人って言うやつだ。おめでとう」

中学校の屋上に呼び出された僕と広瀬《ひろせ》さんは、運命の神様から突然そう告げられる。単なるクラスメイトでしかなかった僕たちは困惑げに顔を見合わせて、それから運命の神様に確認する。

「運命の神様がそう言うのであれば、そうなんでしょうけど……なんで、神様直々《じきじき》にそれを教えてくれるんですか？」

「ほら、最近若者の草食化が進んでるでしょ？　だからさ、運命の人同士でも、お互いになかなか踏み出せずに、全然くっつかないみたいなケースが増えてきたわけ。そういうわけで、こうして神様が間に入って、お世話を焼こうってことになったの。これも、時代の流れなのかねぇ」

神様はそう言ってあくびを嚙《か》み殺す。寝不足なんですかと僕が尋ねると、徹夜してソシャゲのイベントを周回していたんだと答えてくれる。

「それじゃ、そういうことだから。運命の人同士、できる限り仲良くね」

そう言って運命の神様は去っていった。残された僕と広瀬さんはもう一度お互いに顔を見合わせて、困ったねと率直な感想を言い合った。

「私の運命の人は、二年C組の沢口《さわぐち》君だと思ってた」

「僕だって、周りにバカにされるから言わなかったけど、将来は可愛《かわい》い女優と結婚するものだと思ってたよ」

広瀬さんが呆《あき》れた表情を浮かべ、それから小さくため息をつく。

「まあ、お互いに色々と思うことはあるだろうけど」

広瀬さんが手を差し出しながら僕に語りかける。

「運命の人同士、これからは仲良くしていきましょ」

それから僕にとって広瀬さんは、単なるクラスメイトではなく、運命の神様公認の運命の人になった。それでも、運命の人同士だからといって、全てが順風満帆だというわけでもなかった。学年が上がると僕たちは別々のクラスになったし、進学先だって別々だった。お互いに意見がぶつかって喧嘩《けんか》をすることもあったし、お互いに忙しくて気がつけば一ヶ月以上顔を合わせないことだって何度もあった。

だけど、やっぱり運命の人だからという思いはずっとあって、喧嘩をすれば仲直りをしたし、最近会ってないなと思ったら、お互いに時間を作ってどこかへ一緒に遊びにでかけたりした。色んなことを二人で経験して、色んな感情を二人で分かち合って、気がつけば十年という月日が経《た》っていた。そして、そんな僕たちの前に再び運命の神様が現れる。

「十年前、君たちは運命の人同士だって言ったじゃん。ごめん。あれ、間違いだった」

神様は申し訳なさそうに両手を合わせ、謝罪する。それから僕の方へと顔を向けて、言葉を続ける。

「君の運命の人は、隣にいる広瀬さんじゃなくて、有名新人女優の斎藤桃子《さいとうももこ》っていう女の子なんだよね。お詫《わ》びとしては何だけどさ、彼女の連絡先を聞いてきたから、それを教えてあげるよ」

僕は神様と、そして隣にいた広瀬さんを交互に見つめる。

「えーっと、お言葉ですが、神様」

僕はできる限り失礼のないように言葉を選びながら神様に伝える。

「神様はその人が運命の人だと言っていますけど、僕としては隣にいる広瀬さんが運命の人だと思ってます」

神様は僕の顔をじっと見つめる。怒ってますかと僕が尋ねると、神様は面倒臭そうに頭を横に振った。

「いやね、昔だったら君の意見なんて聞かずに、こっちが決めた運命の人を押し付けていたんだけどさ。今はコンプライアンスとかもあって、強制できないんだよね。これも時代なのかねぇ」

「運命の人と結ばれないとやっぱり悪いことが起きたりするんですか？　僕は構わないですけど、お相手の人に申し訳ないなと思って」

「運命の人と結ばれないから不幸になるということもないし、運命の人と結ばれたから幸せになれるというわけでもない。恋愛は魔法の道具じゃないんだからさ、それは夢の見過ぎだよ。実際、君が心配しなくても、あの子くらい可愛かったら、引く手数多《あまた》だしね。何なら、私もファンの一人だし、この連絡先を使ってアプローチしてやろうかと思ってるくらいだよ」

それではお幸せに。そう言って運命の神様は僕たちの前から去っていった。それから僕と広瀬さんは家に帰って、それまでと同じような日常に戻った。それから三ヶ月後。テレビのワイドショーでは、僕の運命の人だった女優の斎藤桃子ちゃんが運命の神様とスピード結婚したという芸能ニュースで話題が持ちきりになっていた。僕と広瀬さんはリビングのソファで、テレビに流れる結婚記者会見の様子を眺める。その途中、ふと僕が横を向くと、広瀬さんはテレビではなく、僕の方を見つめていた。

「まあ、本当は運命の人じゃなかったとしても」

広瀬さんを見つめ返しながら、僕は言う。

「十年もこうして一緒にいたら、そりゃあ運命の人になっちゃうよね」

広瀬さんが頷《うなず》いて、僕たちはもう一度テレビへ視線を戻す。テレビ画面の中では、斎藤桃子ちゃんが幸せそうな表情で、結婚相手の運命の神様のことを話していた。僕は僕の運命だった人の幸せを心の中で祝福する。そっと手をソファに置くと、広瀬さんの手と重なり合う。それから。僕たちは何の言葉も交わさないまま、まるでそれが当たり前かのように手を握り合うのだった。

それから一年後。斎藤桃子ちゃんと運命の神様はW不倫が原因でスピード破局してしまうわけだけど、それはまた別のお話。

人類は有罪です

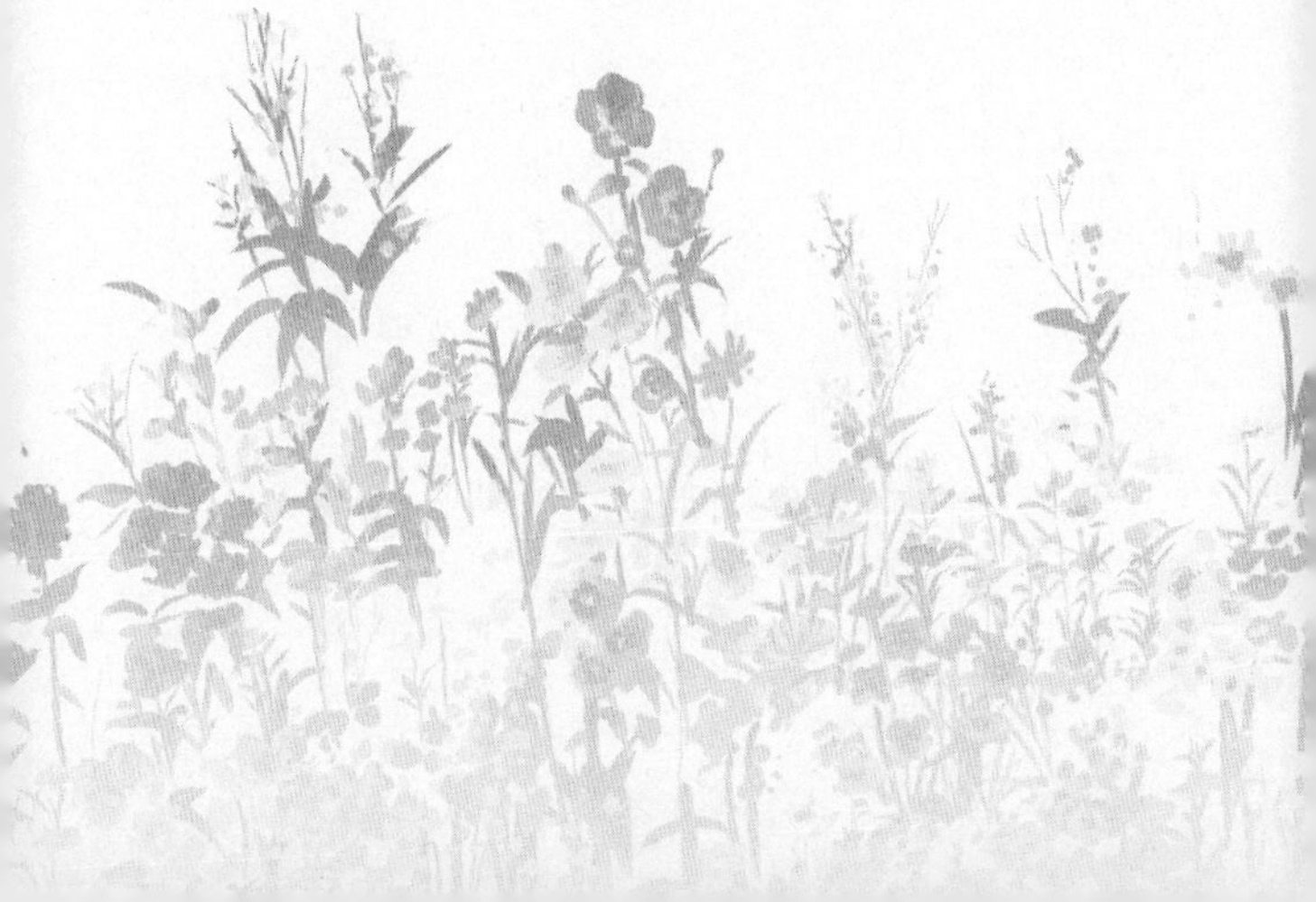

『人類は有罪です。人類は有罪です。生き残っている人間は直ちに命を絶ってください。人類は有罪です。人類は有罪です。生き残っている人間は直ちに命を絶ってください』

廃墟《はいきょ》になった駅ビルの大型LEDビジョンから、例のアナウンスが大音量で流れ始める。僕と悠人《ゆうと》はちらりと音のする方を見上げた後、何も聞こえなかったかのように前を向いて歩いていく。数年前まではたくさんの人が行き交っていた駅前の大通りには、僕たち以外に人の気配はない。歩道と車道を分ける段差は角が砕け、アスファルトには縦に長いひび割れが入っている。通りに面する店のガラスは割れ、足元にはその破片が散らばっている。無人となった店へと視線を向けても、暴徒による略奪の跡が見えるだけだった。

そんな終末世界を、僕たちは手を繋《つな》いで歩いていく。指をさして笑う人もいなければ、すれ違いざまに嫌悪の眼差《まなざ》しをちらりと向けてくる人もいない。男同士で手を繋いでいることを、僕が女性ものの服を着ていることを、馬鹿にしたり気持ち悪がったりする人間はいない。世界に僕たちしかいないみたいだねと僕が言うと、大袈裟《おおげさ》だなって君が笑う。だけど、ひょっとしたら比喩でもなんでもなくて、本当にこの世界には僕たちしか存在していないのかもしれない。数年前、何の前触れもなく、世界中のありとあらゆるスピーカーから人類は有罪だというアナウンスが流れ始めた。誰がそのアナウンスを流しているのかも、どうやってそのアナウンスを流しているのかもわからない。ただ、人類を糾弾するあのアナウンスに従って多くの人が自ら命を絶ち、そうじゃない人もその後の混乱で命を落としていった。

人類は有罪です。僕は耳にこびりついたその言葉を頭の中で繰り返す。そんなの今に始まったことじゃないさ。遠くから聞こえてくるアナウンスに向かって、僕は心の中で言い返した。

「この前高校で寝泊まりした時あったじゃん」

悠人がいつものように前を向いたまま話し始める。名前を呼ばなくても、目を合わせなくても、話しかける相手は僕しかいない。だから、いつしか僕たちはそういう話し方をするようになっていた。そのことが僕は、少しだけ、少しだけ嬉《うれ》しい。

「その時にさ、一階の教室で何人かの死体を見つけたよな。その時は何も言わなかったんだけど、その中の一人がさ、実は俺の中学時代の同級生だったんだよね」

「化学準備室で集団自殺してたあの男女グループ?」

「そうそう。その中にいた女の子。カーキのダウンと膝部分が破けたデニムを着てた子」

「友達だったの?」

「友達というか……中学時代、その女の子と付き合ってたんだよな。部活のマネージャーで、あっちから告白されてさ」

「ふうん」

「あ、嫉妬してる?」

「別に。死んだ人間に嫉妬したところで、どうしようもないし」

君が笑う。悠人の笑い声は低くて、遠くからもよく聞こえる。でも、もっとくぐもっていて、近くじゃないと聞こえないような笑い声でいてくれたらって昔はよくそんなことを思ってた。教室で僕じゃない誰かと君が笑いあう声が聞こえてくるたび、僕の心がざわついて、ダメだってわかってるのに君の方をちらりと見てしまう。それから君の楽しそうな表情が視界に入って、僕はそのまま深い嫉妬と自己嫌悪に溺れていく。その相手が男子じゃなくて、女の子だった時なんか、僕の心臓は不安で締め付けられて、この世界から消えてなくなってしまいたいって気持ちに襲われた。君がどちらも好きになれることを知ってたから。君が女の子たちにモテるってことも知ってたから。そして、僕たちの関係が間違ったものなんじゃないのかっていう思いが、心のどこかであったから。

僕は隣を歩く悠人の横顔を見て、それから君の手を握る自分の手へと視線を向ける。女物のカーディガンの袖口から覗《のぞ》く僕の手は、昔みたいな小さくて可愛《かわい》らしい形じゃなくて、骨が浮かび上がって、ゴツゴツとしていて、どうしようもなく気持ちが悪かった。

「そういえば何で伊織《いおり》って女装してるんだっけ」

「前も言った気がするんだけど」

「そうだっけ？」

「今は好きでやってるけどさ、きっかけは、昔クソ兄貴に無理矢理させられたからだよ」

「あー、ごめん。聞いたことあったわ。お前の兄貴って死んだんだっけ」

「死んだよ。あのアナウンスが始まって、一週間もしないうちに自殺した。会社のトイレで首吊《つ》ってさ」

「そっか。悪いな」

「気にしなくていいよ。悲しくもなんともないから。兄貴《あいつ》は、僕のことをおかま野郎って散々馬鹿にして、そのくせ家族に隠れて、僕に無理やり女装させて興奮して楽しんでたクソ野郎だから」

コツコツという足音だけが鳴り響く。喧騒《けんそう》が消えた世界でもなお、沈黙は昔と同じように身に染みる。空は灰色の分厚い雲で覆われていて、陰影が失われた街の風景は平面に描かれているみたい。瓦礫《がれき》の山の一番上に乗っかっていたコンクリート片が自《じ》重《じゅう》に引っ張られるように、側面を転がり落ちていった。

笑っちゃうよね。長い沈黙の後で、僕は吐き捨てるようにそう呟《つぶや》く。

「昔から親戚にちやほやされて、良い大学を出て、有名企業に入った兄貴《あいつ》がさ、あんなアナウンスが流れただけで簡単に自殺するんだもん。正体不明なやつから有罪だって言われて、そうなんですねって真に受けてさ。きっとあのアナウンスを聞くまでは、自分自身が有罪だなんて思ってもなかったんだろうな。自分は間違ってないと心から信じることができて、自分が誰かを傷つけているなんて考えたことすらなくて、被害者になることはあっても加害者になることなんてありえないって、そう思ってたんだろうな」

悠人が立ち止まる。僕は数歩だけ前に進んで、それから同じように足を止める。君は通りに面していた楽器店に視線を向けて、それから、あんまり荒らされてないっぽいから中に入ってみようぜと提案する。僕たちは窓ガラスを割った後で、服が破けないように気をつけながら店の中に入った。楽器店の中は長い間閉め切られていたのか、まとわりつくような湿気で満ちていて、深く息を吸うとカビが混じったような苦い空気が肺に満ちていく。悠人は鼻歌を歌いながら、暗い楽器店の中を探索し始めた。僕はレジの横に置いてあった竹網のカゴに目を向けて、中に入っていたエレキギターのピックを手に取る。プラスチックでできた安物のピックは、親指と人差し指で強くしならせるとヒビが入って、そのまま二つに割れてしまった。

「じゃーん、ギターを見つけちゃいました」

悠人が奥の壁にかけられていたクラシックギターを手にして戻ってくる。弦を弾くとじゃらんと間の抜けた音が店内に鳴り響く。ギターなんて弾けるの？　と僕が尋ねると、悠人は弾けるよと笑いながら返事をする。

「試しに何か弾いてやるよ。どんな曲を弾いて欲しい？」

「世界平和の歌」

「オーケー」

悠人が丸椅子に腰掛け、ギターを構える。だけど、悠人が弾いたギターの音に覆い被《かぶ》さるように、天井に取り付けられていたスピーカーから突然アナウンスが流れ始める。

『人類は有罪です。人類は有罪です。生き残っている人間は直ちに命を絶ってください。人類は有罪です。人類は有罪です。生き残っている人間は直ちに命を絶ってください』

悠人が手を止め、天井のスピーカーを見上げる。小さくため息をついた後で、持っていたギターを乱暴に放り投げた。椅子から降り、壁にもたれて床に座る。悠人が僕を見て、誘うように笑いかけてくる。僕は割れたピックを握りしめたまま悠人の隣に座った。服と服が触れ合わないギリギリまで、身体《からだ》を寄せて。

「有罪って言われても、何罪だよって感じだよな」

何度目かすらわからないそんな話題を悠人が口にする。

「旧約聖書によると、人間の最初の罪はアダムとイブが善悪の知識の木の実を食べたことらしいよ」

「現代でいうと何罪？」

「知識の木が神様の所有物なら窃盗罪かな」

「窃盗で死刑か。血も涙もないな」

アナウンスはすでに止《や》んでいた。耳を澄ますと隣から悠人の呼吸が聞こえてくる。身体を動かして、君と身体をくっつける。触れ合った肩から君の心臓の鼓動が伝わってくるような気がして、嬉しいはずなのに、どうしようもなく心が苦しくなってしまう。

「聖書で思い出したけどさ、キリスト教じゃ俺たちみたいな同性愛者は罪人らしいぜ」

悠人が呟く。服の上から、悠人の胸が呼吸のたびに上下するのがわかった。

「全部じゃないよ。一部の宗派に、そう考えてる人がいるって感じ」

「細かいことは措《お》いておいてさ、そういう奴《やつ》らからしてみたらさ、まさに俺たちってあのアナウンスの言うとおり有罪だなって思ってさ」

「信じてんの？」

「いや、信じてはないけどさ。もし神様がいるとして、そいつは俺たちのことをどう思ってんのかなと思って」

「神様が本当にいて、僕たちのことを快く思ってないとしてもさ、そんなの関係ないよ。神様のご機嫌を伺うよりも、僕は自分の気持ちを選ぶよ」

「そうだな」

「そうだよ、きっと」

自分で自分に言い聞かせるように僕は呟いた。自分がそんなに強くないことも、その言葉が強がりだってことも分かっていた。だけど、そう言い聞かせでもしないと、自分の感情を見失ってしまいそうになる。

世界が終わる前。この葛藤は、僕のことを馬鹿にしたり、気持ち悪がったり、面白がったりするやつらのせいなんだと信じていた。世界からそういう奴らが一人残らず消えてしまえば、世界が僕と君だけになってしまえば、きっと僕は自信が持てて、もっと素直に自分の感情を受け入れることができるって本気で信じていた。だけど、実際にそういう奴らが死んでしまって、僕と悠人だけの世界になっても、この葛藤はなくならなかった。僕の心の中には神様がいた。あのアナウンスと同じように、僕のことを有罪だと心の中で弾劾する神様が。

「有罪だとしても、関係ないよな。また天井のスピーカーからアナウンスが流れたらさ、うるせーって言い返してやろうぜ」

僕は悠人の方を見る。悠人もまた僕の方を見ていた。心の中を見透かされていたみたいな君のタイミングの良さに、やっぱり好きだなって、そんな気持ちが溢《あふ》れ出てくる。最高じゃん。僕が笑いながら返事をすると、悠人は満足げな表情で笑い返してくれた。僕の手が膝の上から落っこちる。そこには悠人の手があって、僕と君の手が運命のように重なり合った。

『人類は有罪です。人類は有罪です。生き残っている人間は直ちに命を絶ってください。人類は有罪です。人類は有罪です。生き残っている人間は直ちに命を絶ってください』

天井に取り付けられていたスピーカーからアナウンスが流れ始める。僕たちは顔を見合わせて、それから二人で笑いあう。有罪かどうかなんて僕たちが決めることだし、それすら罪だと言うのであれば、別に有罪であっても構わない。君となら、いつの日か心の底からそう思うことができるような、そんな気がした。横に座っていた悠人が立ち上がり、近くに転がっていたチューナーを手に取った。

「うるせー！　バカ‼」

悠人が叫び、握りしめていたチューナーをスピーカーめがけて投げる。チューナーがスピーカーに命中して、軽やかな音が狭い店内に響き渡った。

結婚代行

「では、これより南晴彦《みなみはるひこ》、高橋彩芽《たかはしあやめ》の結婚式を始めたいと思います。なお南晴彦本人は、仕事の都合上参加が難しかったため、本日はこちらの男性が、南晴彦の代理として結婚式に参加しております」

結婚式会場の司会者がそう挨拶をすると、祭壇の前に立つ新郎代理が、同じく諸事情で代理参加となっている列席者へと頭を下げる。

「では、皆様、入り口へご注目ください」

オルゴール調の音楽とともにチャペルの扉が開き、ウエディングドレスを着た女性とタキシードを着た初老の男性が姿を現した。

「新婦・彩芽様、およびそのお父上である高橋雄三《ゆうぞう》様もお仕事の都合で参加できなかったため、新婦代理と父親代理両名の入場となります。皆様、惜しみない拍手をお願いいたします」

二人がヴァージンロードを歩き出す。列席者は彼女に手を振り、中にはハンカチで目頭を押さえる者もいた。一歩ずつ新郎代理へと二人は近づき、そして、父親代理から新郎代理へ新婦代理の手が受け渡される。この日のために急遽《きゅうきょ》呼び出されたカメラマン代理がここぞとばかりにシャッターを切り始める。

「では、誓いの言葉の代理を……」

司会者が祭壇の前に立つ男性に声をかける。子供の看病で来られなくなった牧師の代理として祭壇に立つ男性はこほんと咳払《せきばら》いをし、不慣れな手付きで分厚い聖書をめくりはじめる。

「新郎代理、新郎晴彦が新婦彩芽を、健やかなる時も、病める時も、富める時も、貧しき時も、妻として愛し、敬い、慈しむ事を誓いますか？」

「誓います」

新郎代理が力強く頷《うなず》く。

「新婦代理、新婦彩芽が新郎晴彦を、健やかなる時も、病める時も、富める時も、貧しき時も、夫として愛し、敬い、慈しむ事を誓いますか？」

「誓いま……」

「その結婚、ちょっと待った！」

新婦代理が誓いの言葉をつぶやこうとしたその時、大きな音とともにチャペルの扉が開かれた。列席者代理も新郎代理、新婦代理も、みなが扉の方へと顔を向ける。そこにいたのは、息を切らした一人の男だった。

「彩芽……お金のためだけに好きでもない男と結婚するなんて間違ってる……。そんなの絶対に幸せにはなれない！　だから、こんな結婚式から今すぐに逃げよう……。だけど……」

男が演説調でそう話しながら、ゆっくりと二人のもとへと近づいていく。

「本人は仕事の都合でどうしても来られなかったので、私がその代理として連れ出しに来ました」

こんな映画みたいなことが起きるなんて！　友人代理や親類代理としてそこにいた列席者は突然の出来事に色めきたつ。略奪男代理が新婦代理の前にやってきて、ゆっくりと手を差し出した。

「俺と一緒に行こう、彩芽」

「そんなこと言われても……こういうことはクライアントである本人と相談しないと……」

同じ派遣会社の先輩である新郎代理がこほんと咳払いをして注意する。自分の役割を思い出した新婦代理は、ハッと息を飲み、再び新婦代理としての役割へとスイッチを切り替える。そして、周りの人間の様子を窺《うかが》いながら、どちらが正解であるかを必死に考え、おずおずと略奪男代理の手を取った。そして、そのまま二人は新郎代理や列席者代理を置き去りに、式場から飛び出していった。

ホテルの階段を下り、外へと出て、タイミングよく路肩に停《と》まっていたタクシーを捕まえる。略奪男代理はウエディングドレスを着たままの新婦代理とともに車に乗り込み、運転手に行き先を大声で伝える。男に急《せ》かされるようにして、運転手が車を発進させる。ガクンと大きく車体が揺れ、交通量の多い道路を右へ左へジグザグに進んでいく。

「おい、危ないじゃないか。もっと上手に運転してくれ！」

「そう言われましてもですね……」

運転手はバックミラー越しに申し訳なさそうな表情を浮かべる。

「私は病気で休みの運転手の代理なんです。なので、タクシーなんて運転したことありませんし、ましてや運転免許証すら持っていないんですよ。むしろ、こうやって前に進んでるだけでも褒めてもらいたいくらいです」

「前っ！　前っ!!」

新婦代理が大声で叫ぶ。タクシーは赤信号を無視して交差点へと突っ込んでいく。横から猛スピードで走行してきた車に接触し、タクシーがベーゴマのように回転する。

他の車とぶつかり、歩行者を撥《は》ね、そのまま角に立地するコンビニへと真正面から突っ込んだ。クラクションと悲鳴の嵐の中、横転したタクシーの中で略奪男代理と新婦代理は気を失った。二人の意識が戻った時、目の前に立っていたのは紺色の制服を着た警察官代理だった。

道路交通法違反の教唆《きょうさ》やらで略奪男代理は裁判にかけられることになった。弁護士代理と検事代理に続いて、裁判官代理が法廷に入る。

「えー、本来出廷するはずの裁判官は、もっと重要な他の事件で忙しいため、私が裁判官の代理を務めさせていただきます。正直、法律とか全然わからないんですが、何となく気に食わないので死刑！」

カンカンと木槌《きづち》が叩《たた》かれ、判決が確定する。左右に立っていた警備員代理が略奪男代理の肩を摑《つか》もうとしたが、略奪男代理は大声でわめきながら彼らを退け、そのまま飛び出すように法廷から逃げ出した。裁判所の外へ出て、略奪男代理は街中を走り抜け、あらゆる代理を派遣する派遣会社のオフィスへと駆け込んだ。そして、困惑した表情を浮かべる受付代理に向かって、略奪男代理は血相を変えた表情で訴える。

「すいません、急な話で悪いのですが……死刑の代理をお願いできませんか⁉」

あなたになる

生き方とか考え方だけじゃなくて、見た目とか仕草とか全部ひっくるめて、朝岡《あさおか》さんそのものになりたい。入学式で朝岡さんを見てからずっと片思いをしていた僕は、ある日ふとそう思った。

朝岡さんは僕にとって神様みたいなものだったし、彼女のことを考えるだけで胸がどうしようもなく苦しくなる。ほんのりと栗《くり》色がかったナチュラルボブの髪型に、上に向かってピンと伸びる長いまつ毛。控えめで穏やかな性格なのに、みんなと一緒に背伸びしてメイクをしていることも、その全てが愛《いと》おしく見えて仕方がなかった。教室の隅っこから、いつだって僕は彼女を飽きることなく見つめていた。彼女の細かい仕草一つ一つが僕の心を捉え、彼女が話す言葉一つ一つが耳にこびりついて離れなかった。

だけど、どうして僕が朝岡さんのことをこれほどまでに好きになってしまったのかは謎だった。朝岡さんは可愛《かわい》いし、すごく優しい性格をしていて、男子からの人気は高い。だけど、朝岡さんはどっちかというと目立たない女子だったし、モデルみたいな顔立ちをした同じクラスの女の子の陰に隠れがちだった。

どうして、入学式の日、彼女の姿を見たとき、僕は心を奪われてしまったんだろう。そんなことを考えながら、ふと鏡に映った自分へと目を向けた時、僕はあることに気がついた。自分の目、鼻、そして顔の輪郭。以前から女の子と見間違われることが多く、コンプレックスにさえ感じていた顔のパーツ。それらが、僕が恋焦がれる朝岡さんのものとちょっとだけ似ているような気がした。僕は試しにいつも朝岡さんがやっている髪をかきあげる仕草を真似《まね》してみる。すると一瞬だけ、鏡の中に朝岡さんの姿が現れて、僕に微笑《ほほえ》みかけてくれたような気がした。

その日を境に僕は朝岡さんの真似をし始めた。休み明けに朝岡さんと同じナチュラルボブの髪型で登校してきた僕に対して、クラスメイトの反応は様々だった。女子は意外と好意的で、可愛いとか似合ってるとかって褒めてくれたけど、男子は大体下品な言葉でからかってきた。だけど、独学でメイクの仕方を勉強して、朝岡さんそっくりのお化粧をして登校するようになると、そのからかいは少しずつ減っていって、その代わりに僕に対して妙に優しくなったり、以前は全く喋《しゃべ》ったことのない人が馴《な》れ馴《な》れしく話しかけてくるようになった。

だけど、朝岡さんと、彼女といつも一緒にいる飯塚《いいづか》さんだけは僕に話しかけてくることはなかった。ただ僕が朝岡さんに近づいて行く様子を、二人はまるで恐ろしいものでも見るかのような目で、見つめていた。

外見を朝岡さんに近づけた僕は、次に彼女の仕草や喋り方を真似するようになった。彼女がどのように手を動かし、どのように笑うのか。僕は教室の隅っこからずっと観察してきたから、それを再現するのは簡単なことだった。朝岡さんだったらなんて言うか、朝岡さんだったらどんな仕草をするか。僕はそれだけを考え、実行した。彼女が身につけているものも、持ち歩いているものも、真似できるものは全て真似した。通っているのは制服がない中学校だったから、彼女が着ている服のブランドを調べて、それを着て通学することにした。僕は朝岡さんに近づいてる。鏡で自分の姿を見るたび、そう思うことが増えていった。僕は鏡の前に立って、自分の顔にそっと手を当てる。あれだけ、恋焦がれて、愛おしいと感じていた朝岡さんが、こんなにも近くにいた。

「もう……許して」

朝岡さんが声を震わせながら声をかけてきたのは、ある日の昼休みのことだった。あの朝岡さんから声をかけられた。以前の僕だったらきっと、それだけで舞い上がって何も喋れなくなっていたと思う。だけど、今の僕は不思議と落ち着いていて、「何のこと?」ってとぼける余裕まであった。朝岡さんが怯《おび》えた目で僕を見返してくる。僕は何も言わずじっと目の前の朝岡さんを観察してみた。目の下はうっすらとクマができていて、近くでみると肌も少しだけ荒れている。髪の毛に至っては枝毛が目立っていたし、以前はもっと健康的な色をしていた唇は、くすんだ赤色をしていた。朝岡さんってこんな顔だったっけ。僕は彼女を観察しながら、そんなことを思う。すると、朝岡さんの隣にいた飯塚さんが身を乗り出してきて、とぼけないでよと語気を強めて僕に詰め寄る。

どんな格好をしようが僕の勝手でしょ?

僕が笑いながら返すと、飯塚さんの顔が怒りで赤くなっていく。しかし、そのタイミングで昼休みが終わるチャイムが鳴った。飯塚さんが何かを言おうと口を開きかけたところで僕の後ろから英語教師が教室に入ってくる。そして先生は、扉の前に突っ立っていた僕の肩を後ろから叩《たた》き、声をかける。

「ほら、授業始まるわよ。朝岡さん」

僕は振り返る。微笑みを浮かべながら。先生は振り返った僕を見て、一瞬だけ戸惑いの表情を浮かべる。それから、あんまり似てるから間違えちゃったと少しだけ申し訳なさそうにはにかんだ。

僕は勝ち誇った顔で朝岡さんと、飯塚さんの方へと振り返る。朝岡さんは、僕と後ろにいた先生へとゆっくりと視線を向けた後で、口を手で押さえながら、その場にしゃがみ込んだ。彼女の口から黄土色の吐瀉物《としゃぶつ》が溢《あふ》れ出して、彼女の白くて小さな腕をゆっくりと伝っていった。

汚いな。僕は目の前で嘔吐《おうと》する朝岡さんを見て、そんなことを思った。僕の知っている朝岡さんには吐瀉物なんて似合わない。生理現象だと頭ではわかっても、彼女の口からそんな汚いものが吐き出されていること自体が信じられなかった。飯塚さんが朝岡さんの肩を抱いて、そのまま彼女を保健室へと連れて行く。僕はその場に立ち尽くしたまま、教室を出ていく彼女を見届けた。ふと目に留まった窓ガラスには、僕が理想とする女の子が映っていた。ガラスの中でその子が、僕に優しく微笑んでくれたような気がした。

その日を境に、朝岡さんは学校に来なくなった。それからも僕は朝岡さんとして振る舞い続けたし、あの事件以降ちょっとだけ距離を置いていた周りのクラスメイトも、時間が経《た》つにつれて、以前と同じように接してくれるようになった。

僕は全てに満足していた。名前も知らない男子生徒から突然告白をされたり、通学中に女の子と間違われて痴漢にあってしまったこともあったけれど、それは周りの人が僕を朝岡さんだって認識しているんだと前向きに考えることもできた。飯塚さん以外のクラスメイトとの関係は良好だったし、みんな無意識のうちに朝岡さんに対する接し方をしてくれる。鏡を見ればいつだって朝岡さんが微笑みかけてくれて、彼女の笑顔を見るだけで僕の心は満たされていた。

「いつまでそんな馬鹿なことを続けるつもりなの？」

ある日。学校から帰ってきた僕に、いつになく真剣な表情でお母さんが問いかける。それから、お母さんが僕の名前を呼んだ。その言葉を聞いた瞬間、僕は言いようのない嫌悪感に襲われる。目の前の人はどれだけ僕が朝岡さんとして振る舞っても、僕を朝岡さんとしては見ていない。僕の目の前にいる人は朝岡さんのお母さんではなかった。その事実に気がついた瞬間、色んな疑問と違和感が全身を駆け巡る。どうして、僕はこの家にいるんだっけ？　そんな問いかけが頭に思い浮かぶ。無意識のうちに目の前の人に背を向け、着の身着のまま外へと飛び出した。

外はすっかり日が暮れていて、時折吹く風が冷たい。だけど、頭の中では色んな思考がぐるぐる回り続けていて、火傷《やけど》しちゃうんじゃないかってくらいに熱くなっていた。僕は朝岡さん。だとすれば、あの家は僕の家ではない。だとしたら、僕はどこへ行けばいいのだろうか？　朝岡さんだったら、どこに行くだろうか？　そんな堂々巡りの問いと一緒に、僕は当てもなく歩き続けた。道を曲がり、路地を曲がり、気がつけば僕は一度も訪れたことのない公園の前に立っていた。同時にどっと疲れが襲ってきて、僕は公園にあったベンチへと腰掛けた。大きくため息をつきながら前屈《まえかが》みになる。答えの出ない不安に身体《からだ》がぐちゃぐちゃになりそうで、吐き気さえ込み上げてくる。だけど、その時だった。

「美菜《みな》？」

美菜。それは朝岡さんの下の名前。僕は身体を起こすと、そこには仕事帰りの中年サラリーマンが立っていた。それからその人は何かを見極めるようにじっと僕を観察した後で、「ごめん、人違いだった」と申し訳なさそうに謝ってきた。

「いや、あまりにも私の娘に似ててね……。でも、そっか。美菜はずっと部屋に引きこもってるからこんなところにいるわけないか……」

その声は寂しげで、まるで失われた過去を懐かしむような口調だった。その姿を見た瞬間、僕がこの場所に辿《たど》り着いた意味を知る。僕は朝岡さん。だから、気がつけばこの公園にやってきて、こうして本当の父親と出会うことができた。僕は奇跡とも言えるこの出来事に心から震える。それから別れの言葉を告げてその場から立ち去ろうとするお父さんの服の袖を握って、語りかける。

「ごめんなさい。実は……行くところがないんです」

お父さんは少しだけ困ったような表情を浮かべる。だけど、その表情には、自分の娘とあまりにも瓜二つ《うりふた》な僕に対する親近感が込められていた。お父さん。僕は小さな声で呟《つぶや》いた。お父さんは僕の方へと振り返って、僕の手を握り返してくる。それから優しい言葉とともに、僕を立ち上がらせてくれる。

それから僕とお父さんは歩き出す。僕の家へ向けて。お父さんだけではなく、きっとお母さんも僕のことを喜んで受け入れてくれるだろう。なぜなら僕は朝岡さんで、二人の間に生まれた本物の娘だから。

僕が横を歩くお父さんの方へと顔を向けると、お父さんもまた僕の方へと顔を向ける。瞳に映っている理想の女の子は、僕に向かって嬉《うれ》しそうに微笑んでくれた。

子供シェアリング

両親への感謝の手紙。五年二組、桐島歌子《きりしまうたこ》。

私には大好きなお父さんが三人と、大好きなお母さんが五人います。いわゆる子供シェアリングというやつで、全員で八人のお父さんとお母さんが、私のお世話をしてくれています。宿題で出された、両親への感謝の手紙も、他の子たちと比べてたくさん書かなくちゃいけないので、すごく大変でした。でも、教室の後ろにいる大好きなお父さんとお母さんたちのために一生懸命書きました。少しだけ照れ臭いけど、聞いてくれると嬉《うれ》しいです。

私にはお父さんとお母さんが何人もいるんだよって話をすると、かわいそうだねって言われることが多いです。大人が子供をモノみたいに扱ってるのは良くないとか、無責任だとか、そんなことを言われます。でも、私は自分のことがかわいそうだなんて思ってないし、お父さんとお母さんがたくさんいて本当によかったと心から思ってます。

というのも、お父さんとお母さんがたくさんいてくれた方が、私にとってもたくさんメリットがあるからです。私にはお父さんとお母さんが八人もいるので、お父さんとお母さんが一人ずつしかいない子たちよりもずっと良い暮らしができています。お父さんやお母さんの所へ遊びにいくと、遊園地とかに連れて行ってくれるし、美味《おい》しいご飯を食べさせてくれます。服だって八人のお父さんとお母さんがそれぞれ買ってくれるから、クローゼットに入りきらないほどたくさん持ってます。お小遣いだって、他のお父さんとお母さんからはこれだけもらってるよっていうと、大抵それ以上のお小遣いをくれたりします。

また、お父さんとお母さんがたくさんいることで、一種のリスク分散ができていると言えます。考えてみてください。お父さんとお母さんが一人ずつしかいないということはつまり、その二人しか頼ることができないということを意味しています。これはとても怖いことです。一人ずつしかいないお父さんとお母さんがとても優しい人で、お金を持っている人だったら問題はないけれど、性格が合わなかったり、お金持ちじゃない場合だってありえます。私のように何もできない子供としては、自分の意思で選ぶことのできない、たった二人の大人に自分の大事な人生を委ねるなんて、リスクが大きすぎると思います。

お父さんとお母さんがたくさんいることで、すごく気を使わなくちゃいけないとかそういう大変なところはありますが、たくさんのお父さんとお母さんがいてくれることで、すごく安心感が生まれます。誰か一人のお父さんかお母さんとトラブルが発生した場合にも、他にたくさんのお父さんとお母さんがいることで、強く出ることができます。それに、たくさんのお父さんとお母さんとおしゃべりをすることで、いろんな考え方を知ることができます。大人同士でも違った意見を持っているし、たまに間違ったりするということを、私は身をもって知っています。よく他の子たちが、お父さんとお母さんの言っていることを何の根拠もなしに信じている様子を見ると、同じ子供としてとても心が痛みます。

以上の理由から、たくさんのお父さんとお母さんがいる私は幸せ者だと思います。お父さん、お母さん、いつもありがとう。でも、これだけだと私の気持ちを伝えきれないので、お父さんとお母さん一人一人にありがとうの気持ちを伝えたいと思います。

高島《たかしま》お父さん。いつも遊園地に連れて行ってくれてありがとう。高島お父さんと一緒にアトラクションに乗って、はしゃいだりするのはとても楽しいです。お土産屋さんではいつも私が欲しいものを買ってくれるし、色んな味のポップコーンを食べさせてくれるよね。高島お父さんと一緒に撮った写真は部屋に飾っているんだけど、それを見るたびに、また高島お父さんと遊びに行きたいなーと思っちゃいます。来月、一緒に行く沖縄旅行もすごく楽しみにしてるね。

大沢《おおさわ》お母さん。いつも私に似合うお洋服を買ってくれてありがとう。大沢お母さんと一緒にお洋服屋さんを回るのはとても楽しいです。大沢お母さんはすごくおしゃれで、今はどんな服が流行《はや》っているのかを私に教えてくれるよね。私もいっぱいおしゃれして、将来は大沢お母さんみたいに可愛《かわい》くてかっこいい女性になりたいです。

島崎《しまざき》お母さん。いつもお小遣いをくれてありがとう。この前雑誌で紹介されてたヘアアクセサリーがどうしても欲しいって島崎お母さんに言った時、すぐにＬＩＮＥでお金を振り込んでくれたよね。今日は島崎お母さんに買ってもらったヘアアクセサリーをつけてきたので、後で近くで見せてあげるね。

桐島お父さん、桐島お母さん。いつも学校の手続きをしてくれてありがとう。私がこうして楽しい毎日を過ごせているのは、二人が私を産んでくれたからです。そのことは一瞬だって忘れたことはありません。

山口《やまぐち》お母さん。青木《あおき》お母さん。大橋《おおはし》お父さん。いつも遊んでくれてありがとう。

長くなりましたが、以上で私の作文は終わりです。でも、最後に一つだけ。さっき私は一人一人のお父さん、お母さんにありがとうって言ったけど、その順番は私に使ってくれてるお金が多い順になっています。授業前に担任の先生に聞いたのですが、この両親への手紙は、来年も同じように書くことが決まっているそうです。なので、順番が後ろの方だったお父さんとお母さんは、これから一年間、できるだけ自分の順番が上になるように頑張ってください。

これで、本当に本当に、作文を終わります。お父さん、お母さん、いつもありがとう。大好き！

街の気まぐれ

僕が住んでいる街は気まぐれだ。建物の位置や道路は毎日のように変わっているし、風景だってその日の気分次第で違ったものになる。三丁目の小泉《こいずみ》さんが双子の赤ん坊を産んだ時には、商店街にベビー用品を取り扱うお店が二店舗もオープンしたし、二丁目の大和田《おおわだ》さんが右足を骨折した時には、大和田さん家《ち》の周りの坂道が全部真っ平らになっていた。

この街で生まれ育った僕にとって、こんな街の気まぐれは、当たり前のものだった。だから小学生の時、クラブ合宿で他の街に一週間ほど滞在した時なんか、毎日変わらない街の風景にすごくびっくりした。昨日は通れた道が今日は通れなくなるということもないし、一丁目と二丁目がいつの間にか逆になってて、荷物が届かないなんてこともない。すごく住みやすい街だねと地元の子に言った時、何を言っているんだというその子の不思議そうな表情を今でも思い出すことができる。

僕の街はすごく住みにくい。だけど、ここの住人みんながこの街を嫌っているわけではなかった。確かにこの街は気まぐれで、腹が立ってしまうこともあったけれど、一方でどこか憎めない性格をしていた。子供の頃に僕たちがかくれんぼをしていると、公園や空き地に隠れやすい場所を増やしてくれたし、同級生の大林《おおばやし》君がプロ野球選手を目指すとみんなに宣言した時なんかは、河原の端っこにちっちゃいけれどきちんとした野球場を作ってくれた。大人たちはスーパーとコンビニくらい毎日同じ場所にあって欲しいと愚痴を言っていたけれど、それは決して心からこの街を憎むような口調じゃなくて、悪友にからかわれた時に、肩をすくめながら仕方ないなと言うような、そんな親しみがこもった口調だった。

僕はこの街で生まれて、この街で育った。同じようにこの街で育った幼馴染《おさななじみ》と遊んで、喧嘩《けんか》をして、人並みに恋をした。この街しか知らないからっていう理由はもちろんあるけど、僕はこの街が好きだったし、この街で就職して、この街で一生を過ごすんだろうなってぼんやりと考えていた。内向き思考すぎって姉から言われたこともあったけど、気まぐれなこの街で暮らすのも、それはそれで悪くないと思っていた。

「誤解しないでね。別にこの街が嫌いだっていうわけじゃないの。ここには大好きな友達もいるし、たくさん思い出も詰まってる。でもさ、やっぱり就職とかを考えると、東京に行きたいなって思うの」

東京の大学へ進学することになった幼馴染の由紀《ゆき》は、まるで言い訳をするみたいな口調でそう答えた。お盆と正月には帰ってくるから。そう言って由紀はこの街を出ていった。大学在学中は確かにお盆と正月にこの街へ帰ってきたけれど、由紀の両親が仕事でこの街を離れてしまってからは、彼女がこの街へ帰ってくることはなくなった。

この街だけの話ではもちろんないけれど、この街の住人は毎年少しずつ減っていった。僕らの代では一学年で三クラスもあった中学校は、今では二学年で一クラスにまで減った。頭のいい同級生や夢を追う同級生は、大学進学や就職をきっかけにもっと栄えた都会へと巣立っていった。空き家は目に見えて増え続け、商店街ではシャッターが下ろされたままのお店の方が多くなっていった。

気まぐれで能天気なこの街もその事実をちょっとだけ気にしているみたいで、町興しのニュースがテレビで流れた翌日なんかは、お世辞にもセンスがいいとは言えないゆるキャラが街を歩き回っていたし、生まれて初めて見たお寺が観光地としてパンフレットに記載されたりした。だけど、一発逆転みたいなことはもちろん起こらなくて、一人、また一人とこの街から人がいなくなっていった。それでも、僕は不思議と焦りとか、寂しさは感じなかった。街は気まぐれだから、街から人がいなくなって寂しいだろうけど、すぐにまたいつものお調子者へと戻っていく。お店や道路を入れ替えて僕たちを困らせ、それと同時に、僕たち一人一人に寄り添うように、自分の姿を変えていく。

『昨今の急激な人口減少に対し、我が党はコンパクトシティ政策を推進いたします。これはつまり、過疎地域から都市部への移住を促し、新たに一つの大きな居住地域を作り出すことで、国家予算が年々減少していく中でも、充実かつ持続可能なインフラを国民の皆様に提供していくという政策であります』

首相になった政治家がテレビで熱く政策を語っていた時も、僕は昨日までと同じような毎日がこれからもずっと続くと信じていた。住民説明会で県庁職員から少し離れた街への移住を検討して欲しいと言われた時だって、この街で育ってきた自分が、他の街へ引っ越すなんて想像することもできなかった。

だけど、政府が大盤振る舞いの助成金と就労支援を打ち出して以降、この街を出ていく人はさらに増えていった。この街は出ていく彼らを引き止めようと、道路を派手な色で塗り替えたり、おしゃれなカフェをオープンさせたりした。それでも人がいなくなっていくスピードが変わることはなかった。オープンしてから二週間後に閉店してしまったカフェを目にした時、僕はどうしようもない無力感を覚えた。

唯一この街に残っていた同級生が、介護が必要な祖父母と一緒にこの街を出ていった日。僕は彼との思い出に浸りながら、いつものように近所を散歩していた。最近の街は元気がなくて、かつてのように道路を入れ替えたり、お店の場所を入れ替えたりもしなくなっていた。

だけど、元々学校があった場所まで歩いてみると、そこには小さな遊園地ができていた。もちろん、中には誰もいない。それでも、僕は遊園地の中へと入っていく。中にはこぢんまりとしたアトラクションしかなくて、そこで遊ぶ人はもちろん、それを動かす人もいなかった。だけど、遊園地の一番奥まで進むと、そこには止まったままの小さな観覧車が立っていた。他のアトラクションとは違い、受付には近所に住んでいるおじいさん、岸川《きしかわ》さんが座っていた。僕が近づくと、岸川さんは穏やかに微笑《ほほえ》んでくれた。一応受付っぽいことをやってるんだけどね、どうやって観覧車を動かすのかもわからないんだ。岸川さんは頭をポリポリとかきながら、バツが悪そうにそう呟《つぶや》いた。

僕は岸川さんと一緒に色んなボタンやスイッチを押してみて、ようやく観覧車を動かすことに成功する。せっかくだからと、岸川さんが半ば強引に僕を観覧車に乗せてくれる。心地よい振動と共に、ゆっくりと観覧車は回り、僕が乗ったゴンドラが上がっていく。観覧車の上から眺めれば、両手にすっぽりと収まりそうなほどに小さな街。だけど、そのあちこちに僕が経験してきたあらゆる思い出が詰まっていた。子供の頃に遊んだ公園。慌てて転んで頭から飛び込んでしまった小池。同級生が住んでいたマンション。高校生の時に初恋の人との初デートで行ったこの街唯一の映画館。風が吹いて、右隅にあった雑木林の葉が揺れる。夕焼けに照らされて、遠くに立つ高校の校舎の側面がオレンジ色に染め上げられる。僕はじっとその光景を見続けた。自分の子供の頃と、それからこの街で一緒に育ったかつての同級生たちの面影を思い出しながら。

僕たちの日常は続いていき、この街からは少しずつ人が出ていく。僕が二週間後に再び遊園地を訪れると、お目当ての遊園地はもう潰れていて、代わりにこぢんまりとした葬儀場が立っていた。なんで葬儀場なんだろうと僕が不思議に思っていると、岸川さんが亡くなったという噂《うわさ》を近所の人たちから聞いた。そして、葬儀は遊園地の跡地にできた葬儀場で行われることになった。

「父はこの街で生まれ、最期までここを離れることはありませんでした。きっと父はこの街を愛していたんだと思います」

静かに降りしきる雨の音が聞こえる中、喪主を務めた岸川さんの息子さんはそんな挨拶をした。岸川さんが亡くなってから、この街には雨が降り続いていた。天気予報によると周りの地域は晴天らしいから、この雨はきっと、街が降らせているもの。何十年も前から一緒にいた友達を失った悲しみは、想像できないほどに辛《つら》いものなんだと思う。葬儀の帰り道。道端の水たまりに浮かぶ雨粒の波紋を見つめながら、僕はこの街の悲しみが少しでも和らいでくれることを祈った。

それから一週間後。住民に対して、今年度をもって、この街のインフラ整備と保守点検を停止するという通達が届けられる。つまり、来年の四月以降は道路が壊れても、水道管が壊れても、行政は一切対応しないということ。違う街に引っ越せとまでは書かれてはいなかったけれど、それはまさに、この街に住み続けていた僕らへの最後通《つう》牒《ちょう》だった。

結局、通達を受け取って一ヶ月後に、僕たち家族を含む、ほとんど全ての住民がこの街から出ていくことになった。引っ越しの日程が決まってからは、時間があっという間に過ぎ去っていった。転出届の提出だったり、転居先の仕事探しだったり、助成金の申請だったり。色んな事務手続きで、腰を落ち着かせる暇もないほどに忙しい毎日を送った。それでも、三十年近く過ごしてきたこの街からの引っ越し支度は一週間ほどで終わって、とうとう僕たちがこの街から出ていく日がやってくる。

県庁が手配した大型バスが学校の校庭に駐車してあり、この街を出ていく住民たちが荷物を片手に乗り込んでいく。すべての住民を一度に運ぶことはできなかったので、バスは何往復かして移住対象者を新天地へと送り届けていく。そして、僕が乗るはずの最終便が戻ってきたのは、午後六時ほど。空が藍色と茜色《あかね》が混じった綺麗《きれい》な色をしている時間帯だった。

時間ですので乗ってください。運転手さんに促され、僕たち家族と、同じ便でこの街を旅立つ住民たちが乗り込んでいく。僕はバスの乗車口で一瞬だけ立ち止まって、後ろを振り返る。だけど、すぐに両親から注意され、そのまま指定された座席へと歩いていった。

バスの座席が埋まったことを運転手が確認し、エンジンをかけ始める。バスに乗る住民たちは言葉少なだった。その代わり、僕を含めたみんなが、窓から街の風景を眺めていた。日は沈み、あたりはすっかり暗くなっている。発車します。運転手の疲れ切ったアナウンスと共に車体が揺れ始め、それから、僕たちを乗せたバスがゆっくりと動き始める。

その時だった。僕は、バスの外から、聞きなれない小さな音が聞こえてくることに気がつく。音に気がついたのは僕だけではなくて、バスに乗っている人たち全員が何の音だろうと互いに顔を見合わせていた。

「花火！」

子供が声を上げる。僕は子供が指差した先へと視線を向ける。視線の先では、色鮮やかな花火が打ち上がっていた。深い藍色の空に、光の玉が広がり、溶けるように消えていく。お世辞にも大きいとは言えなかったし、打ち上げられている花火の数も少ない。だけど、僕はその光景から目を離すことができなかった。バスの車内が花火の光で薄く照らされるたびに、僕の頭の中に、この街で過ごした思い出が駆け巡っていく。

「きれいだね！」

子供がそう言って、母親がそうだねと優しく相槌《あいづち》を打った。バスは動き続け、花火が少しずつ小さくなっていく。バスに乗っていた人たちはみんな花火を見つめていた。それぞれがこの街での思い出を思い起こしながら。

僕の右頬を一筋の涙が伝う。あの花火はきっと、気まぐれなこの街が打ち上げたもの。街がどういう気持ちであの花火を打ち上げたのかはわからない。去っていく僕たちを引き止めようとしたのか、それとも、僕たちへ向けたこの街なりのさよならだったのか。

僕は涙を拭った。この街を去っていくことへの罪悪感とか後ろめたさだけではない。ぐちゃぐちゃになった自分の感情を、ぎゅっと目を閉じて、落ち着かせる。そして、再び僕は目を開けて、遠ざかっていく街へと視線を向けた。

忘れないから。

さようならでも、ありがとうでもなく、僕はそう呟く。バスが段差を乗り越えて、車体が小さく縦に揺れた。僕の言葉に応えるように、藍色の空の端っこに、小さな花火が打ち上がった。

超超超遠距離恋愛

「宇宙は途方もなく広いですけど、こんなにピッタリと波長が合う人はきっとあなただけです」

銀河系マッチングアプリで運命的に出会った彼は、私にそんなメッセージを送ってくれた。三万光年離れた場所から届いたそのメッセージ。嬉《うれ》しさのあまり、何度も何度もアプリを起動しては、数週間前にもらったそのメッセージを見返してしまう。趣味が同じだという理由でやりとりを始め、お互いの共通点の多さに驚いて、それから呼吸をするように仲を深めていった。途方もなく広いこの宇宙で、彼と出会えたのはきっと奇跡なんだと思う。

毎日仕事が終わって部屋に帰った後に、私は地球から、三万光年離れた場所に暮らす彼へメッセージを送る。超光速伝送技術が開発された今でも、私のメッセージが彼に届くのに数日はかかる。だけど、待っている時間は嫌いではなかった。私は三十分ほどかけて長い文章を入力した後で、アプリのメッセージ送信ボタンを押す。

それから、部屋の窓から彼がいるはずの遠くの星を眺める。遥《はる》か遠い場所に住む彼のことを想《おも》いながら。

【超超超遠距離恋愛あるある　その一】
『メッセージの往復に時間がかかる分、一回一回のメッセージが長文になりがち』

＊＊＊＊＊

世界が発展して、幸せの形も様々になった。結婚だけが幸せになるための方法ではないし、周りの知人や親が、私が結婚してないことをやいのやいの言ってくる時代ではない。私自身も仕事にやりがいを感じているし、プライベートは趣味のアウトドアに没頭して、毎日が充実している。銀河系マッチングアプリへの登録だって、知人に招待されて付き合い半分で始めた感じだし、そもそも本当に結婚願望があるんだったら、三万光年離れた場所に住む彼と仲良くなろうなんて思わなかったはずだ。

「僕と結婚してくれませんか？」

だからこそ、彼からそんなメッセージをもらった時、私はすごく戸惑った。私には結婚願望がないこと、それからそもそも一度も会ったことのない、三万光年も離れた場所に住む人同士が結婚するなんておかしいでしょと彼に伝えた。私のメッセージが銀河を数日かけて彼の元に届いて、さらに数日かけて彼からの返信が私の元に届く。

「元々結婚する予定がなかったのであれば、一度も会ったことのない、遠く離れた人と結婚しても問題はないじゃないですか」

そんな揚げ足を取るような言葉に続いて、いつも私が楽しみにしているような他愛《たわい》もない話が続く。私は彼からのメッセージを何度も何度も読み返しては笑って、遠い場所にいる彼のことを考えた。彼のことが好きという気持ちは疑いようがなかったし、彼の言う通り、元々誰とも結婚するつもりがなかったのであれば、一度も会ったことがない誰かと結婚するのも別に悪くないかもしれない。

私はじっくりと考えて、何度も何度もメッセージを書き直して、それからようやく書き上げたメッセージを彼に送る。

「不束者《ふつつかもの》ですが、どうか末長くよろしくお願いいたします」

そんな戯《おど》けた言葉で始めた私のメッセージを読んだ彼のリアクションを想像して、私は部屋で一人、微笑《ほほえ》むのだった。


【超超超遠距離恋愛あるある　その二】

『趣味と仕事を充実させてる方が、意外と恋愛関係が続きやすい』

＊＊＊＊＊

子供が欲しい。ある晴れた日の朝。何の前触れもなく、何のきっかけもなく、ふとそんな考えが私の頭に思い浮かんだ。

結婚してからも彼とは一度も会うことはなく、それまでと全く同じ関係のまま数年という歳月が経《た》っていた。確かに彼とはまだ直接会ったことはないけれど、メッセージを通して絶えず連絡を取り合っているし、積み重ねてきた言葉と月日は、そっくりそのまま彼への愛情に変わっていた。

結婚願望がなかったのと同じように、子供が欲しいという願望も元々はなかった。それに、超超超遠距離恋愛、というか超超超遠距離結婚を決めた時点で、子供を作るという発想自体が湧いてこなかった。最初は気の迷いと決めつけて、何でもないようにいつもと同じような生活を続けた。それでも、日を追うごとに、いや彼とやりとりを交わすごとに子供が欲しいという気持ちは強くなっていった。すれ違う親子連れにどうしても目が向いてしまうようになり、友達からの出産報告がやけに胸をざわつかせた。

別に誰の子供でもいいというわけでは決してない。私と彼の子供が、愛の証《あかし》が欲しかった。抑えきれなくなった気持ちを打ち明けた時、彼は私の気持ちを十分に理解してくれた上で、私を傷つけまいと慎重に言葉を選んで反対した。

もちろん彼が反対するのは理解できるし、実際、数ヶ月前の私は彼と同じ考えだった。それでも、私は彼に強く訴え続けた。彼を愛していること、そして彼との子供が欲しいことを。

そんな悶々《もんもん》とした日々を過ごしていたある日。私の家に宇宙宅配便で荷物が届いた。差出人は彼で、それもかなりお値段が張る超光速冷凍便。私が荷物に貼られていた伝票を確認すると、内容欄には冷凍保存された精子と記載されていた。荷物が届いた直後、彼からタイミングよくメッセージが届く。メッセージには私の気持ちをずっと考えていたこと、そして、送った荷物が彼なりの結論だということが書かれていた。

子供の名前を一緒に考えよう。メッセージの結びにはそんな言葉が添えられていた。

私は携帯をぎゅっと抱きしめる。それから未来への期待と、彼への愛《いと》おしさで胸がいっぱいになっていくのがわかった。

私は彼に伝える子供の名前を考え始める。男の子だったら、昴《すばる》、流星《りゅうせい》、銀河《ぎんが》。女の子だったら、星奈《せいな》、月代《つきよ》……。私は色んな候補を、彼へのメッセージに打ち込んでいった。


【超超超遠距離恋愛あるある　その三】

『子供の名前を、宇宙に関係する名前にしがち』

＊＊＊＊＊

子育ては苦労の連続だった。会えないからという理由で彼はかなりの額の養育費を振り込んでくれたし、経緯《いきさつ》はどうあれ両親は初孫である娘の誕生を心から祝福し、積極的に子育てに協力してくれた。

それでも子供は親の思う通りには育ってくれない。わがままは言うし、人に迷惑はかけるし、誰に似たんだろうって思うくらいにやんちゃな性格をしていた。昔はお互いに喜びを共有していた彼とのやりとりも、次第に日頃の不満や愚痴が増えていった。

彼は辛抱強く受け止めてくれたけれど、その優しさが逆に気に障って、八つ当たり混じりのきつい言葉を送ってしまうことも多くなった。

子供は可愛《かわい》いし、彼のことは愛していた。それでも、子供が生まれたことによる環境の変化とか、慣れない子育てに忙殺される毎日に、私は少しずつ疲弊していった。

「というかさ、今まで一回も相手と会ったことないんでしょ？　それってさすがにおかしくない？」

久しぶりに再会した友人とのランチ。彼女が怪訝《けげん》な顔でそう問いかけてきた時、私は一瞬言葉を失ってしまった。三万光年も離れた惑星から地球に来るのにはすごいお金と時間がかかるし、仕事で忙しい彼はなかなか地球にやってくることができない。それは十分に理解していたし、それ込みで彼と結婚したはずだった。それでも、以前なら笑いながら流せていた言葉が、疲れ切った心に深く突き刺さる。そして、言葉でえぐられた穴から、今まで必死に閉じ込めていた不安と疑念が湧き上がってくる。

長年のやりとりで彼のことを知った気でいたけど、果たして私の知っている彼は本当の彼なのだろうか？　私は彼を愛しているけど、彼は遊びで付き合ってるだけで、私の滑稽な姿を笑って楽しんでいるのかもしれない。私と彼は結婚したつもりでいたけど、彼の妻は宇宙のあちこちにいて、私はその中の一人に過ぎないのかもしれない。

疑い始めたら最後、彼への疑いの念は日を追うごとに強くなっていった。彼もそんな私の変化に気付いたのか、私を心配しているかのようなメッセージを送ってきた。

だけど、そのメッセージ自体も、猜疑心《さいぎしん》に取り憑《つ》かれた私にとっては、私を騙《だま》そうとしている詐欺師の言葉にしか見えなかった。あれだけ楽しかった彼とのやりとりが、私はだんだん嫌になっていった。遠い場所にいるのではなく、そばにいてくれさえすれば、もっと安心できたのかもしれないし、こんな辛《つら》い気持ちにもならなかったのかもしれない。

もう別れよう。そんな考えが私の頭の中で思い浮かんでは消えていく。彼からこんなメッセージが届いたのは、そんなある日のことだった。

「今いる惑星から、地球への転勤がようやく決まったよ」

【超超超遠距離恋愛あるある　その四】
『直接会えない分、ふとしたきっかけで相手への不信感が強くなっていく』

＊＊＊＊＊

「ねえ、パパってどんな人なの？」

いつもお手紙でお話ししてるでしょと私が言うと、娘はそうだけどさーと足をぶらぷら揺らしながら笑い返してくる。宇宙空港の待合室は、長い長い宇宙の旅を終え、地球へとやってくる旅人たちを待つ人でごった返していた。私たちは端っこのベンチに並んで腰掛け、次の便で地球に到着する彼を待っていた。

地球への転勤が決まってから五年の月日が経ち、私たちの娘は小学生になった。どこで覚えたんだろうって言葉を使って私を驚かせたり、自分なりに必死に考えた言葉で私や彼に自分の気持ちを伝えられるようになっていた。娘の成長は彼も知っているけれど、実際に対面した時、彼は一体何て言うだろう。

小さな荷物とは違って、人間が三万光年もの距離を移動するのには、超光速伝送技術を使ったとしても何年もの時間がかかってしまう。どうか地球で待っていてほしい。子育てでボロボロだった私に、彼はそう言った。

「パパはね……ママがあなたの次に大好きな人だよ」

別れようとしたこともあった。一度も会ったことのない私たちの関係を陰で悪く言われたこともあった。だけど、私たちは超超超遠距離にいながら、愛し合い続けることができた。直接会うことはなかったけれど、たくさんの言葉と感情を、私と彼はわかちあうことができた。それ以上に、一体何を望むのだろうか？

宇宙船の到着を告げるアナウンス。待合室が騒がしくなる。私と娘は示し合わせたように立ち上がり、それから到着出口へと手を繋《つな》いで歩いていく。ゲートが開き、長旅を終えた人々がなだれ込んでくる。ゲートを潜《くぐ》る人の顔を一人一人観察しながら、私は彼が姿を現すのを待った。大勢の人がゲートを潜り、再会を喜ぶ歓声をあげる。彼はまだ、現れない。

直接会ったことがないから、ぱっと見ではすぐにわからないかもしれない。そんな不安が私の胸を掠《かす》めたその瞬間だった。

「パパ！」

娘が声をあげる。その瞬間、私もまた人混みに紛れた彼の姿を見つける。私の大好きな彼の姿を。

彼も私たちに気がつき、右手をあげる。娘が私の手を振り解《ほど》き、走り出す。娘の小さな背中を追いかけながら、私もまた最愛の彼の元へと駆け出した。

【超超超遠距離恋愛あるある　ラスト】
『何だかんだ、最後は愛が勝つ』

そして神様は笑った

この話をしたら冗談でも言ってるの？　って反応されることが多いんだけど、私が高校生の時、同じクラスに神様がいた。

もちろん神様と言っても、映画や神話に出てくるような全知全能の神様なんかじゃなくて、みんなの近所にいるようなごくありきたりな普通の神様。席が隣同士だったっていうのもあり、私はすぐに神様と仲良くなって、彼女から色んなことを教えてもらった。神様なんだから高校くらいは出ておかないと駄目だと思って入学したこと。神様の世界では今、二十年前に流行したファッションがもう一度流行《はや》っていること。近所に住む神様が、九州の神様と付き合ってて、遠距離恋愛がすごく大変そうなこと。などなど。

神様はただ神様だっていうだけで、他のクラスメイトと違いがあるわけではない。一緒に遊んだり、放課後の教室で勉強したり、くだらない話で何時間も時間を潰したりした。神様なのに成績はちょっと悪かったけど、それもまたどこか可愛《かわい》げがあって、彼女はクラスのみんなから愛されていた。私はそんな神様のことを、高校の同窓会のお知らせを読みながらふと思い出す。そして、そんな思い出に耽《ふけ》っているちょうどその時、当時のクラスメイトから偶然電話がかかってきた。内容は今度の同窓会に参加するかどうかの確認で、私は正直迷ってると答えつつ、さっきまで考えていたことについて何気なく話題を振ってみる。

「ねえ、私たちのクラスにいた神様もさ、同窓会に来てくれるのかな？」

私がそう尋ねると、クラスメイトは急に黙ってしまった。どうしたの？　と不思議に思って問いかけると、彼女は少しだけ戸惑い混じりの声で、私に聞き返す。

「私たちのクラスに神様がいたなんて……冗談でも言ってるの？」

＊＊＊＊＊

私たちのクラスに神様がいたからといって、他の人とは違う、特別な高校生活を送ることになったというわけではない。それぞれの高校生活が、その人自身にとって何かしらの意味を持った特別な日々であったのと同じように、私の高校生活も、他の誰かの高校生活とは取り替えられない特別なもの。そして、私だけのあの日々には、たまたま神様がいた。ただそれだけのこと。

神様は神様なのに、全然神様らしくなくて、だからこそ私は他のクラスメイトと同じように接することができて、私にとっては大事な友達だった。テスト前になると決まって神様が勉強を教えてと泣きついてきて、よく三浦《みうら》ちゃんの家で一緒にテスト勉強をした。だけど、仲のいい私たちが集まったら当然集中なんてできなくて、結局取り留めのないおしゃべりで時間が過ぎていく。そして、そんなおしゃべりが始まったら、決まって私たちは同じ話題で一番盛り上がる。

どうせだったら恋愛の神様を紹介してよ。

みんなで集まった時、三浦ちゃんは毎回そんなことを言っていた。そしたら、私の方こそ紹介して欲しいよと神様が言い返して、みんな同じタイミングで噴き出してしまう。

神様は優しくて、天真爛漫《らんまん》で、一緒にいるだけですごく明るい気持ちになれた。神様が悲しんでたり、泣いてたりする姿なんて想像できない。そんな子だった。でも一度だけ、私は神様が泣いている姿を見たことがある。それは今でもすごく印象に残っている。私と神様にとってみたら、それはまさに、ちょっとした事件みたいなものだった。

高校一年の二学期。学校行事に挟まれた、ありふれた毎日のとある昼休み。いつものように取り留めのないおしゃべりを楽しんでいた私と神様のもとに、突然隣のクラスの女の子、井口《いぐち》さんがずかずかと足音を立てながら近づいてきた。

井口さんはちょっとした有名人だった。良い意味ではなく、悪い意味で。髪を明るい色に染め、いつも派手なメイクをしていて、一限目が始まる前には、校庭から生活指導の先生と大声で言い争いをしている声が聞こえてきた。それに、周りの子に対してもちょっと攻撃的だったから、友達はいなくて、学校では孤立していた。私の高校は公立の進学校で、周りも比較的大人しい子が多い。加えて、ちょうどSNSの登場で同調圧力が強くなり始めていた頃だったから、彼女のように浮いた存在は、陰口や噂《うわさ》話の格好の標的だった。

母親が水商売をしているとか、この前ずっと学校に来なかったのは中絶手術をしていたからだとか。女の子たちは罪悪感すら覚えず、ただ単純な娯楽として悪趣味な噂話を楽しんでいた。話題が井口さんの陰口になる度に、私は胸の中がぎゅっと締め付けられるような居心地の悪さを感じた。だけど、前に一度だけ、廊下で肩がぶつかったときに彼女から強めに睨《にら》まれたことがあって、私自身も井口さんが少し苦手だった。あんな子だから仕方ないよね。他の子がそう言って私に同意を求めてきた時、私は無理やり笑顔を作って、それからゆっくりと頷《うなず》くことしかできなかった。

だから、井口さんが私と神様に近づいてきた時だって、私は何の用なんだろう?という疑問より、不安と恐怖の方がずっと強かった。井口さんは何も言わないまま椅子に座っていた神様の前に仁王立ちして、それから小さな声で「あんた、神様なんでしょ?」と聞いてくる。その声はいつもの彼女の刺々《とげとげ》しい声とは違っていて、緩んだ弦を弾《はじ》いたような、か弱い声だった。

井口さんは神様を見下ろした後で、返事を待つことなく、ポケットに入れていた右手を出し、そのまま握りしめていた何かをバンと机に叩《たた》きつける。叩きつけられたのはぐしゃぐしゃになった数枚の一万円札だった。クラス全体が静まり返って、みんなが私たちの方を注目していた。ほんの数秒が何分にも、何時間にも感じられた。

構えていた私は少しだけ虚をつかれて、改めて目の前に立つ井口さんの顔を見つめた。井口さんはいつものように派手なメイクをしていたけれど、よく見ると厚化粧の下に隠れていた右頬はうっすらと赤く腫れていて、右目の下半分が赤く充血していた。いつも遠くから見ていた時は私や友達よりもずっと大きく感じていた身長も、近くで見たら私と同じかちょっと低いくらい。私たちの前に立っていたのは、みんなから嫌われて、みんなから怖いって思われるような得体の知れない人じゃなくて、私たちと同じ、一人の女の子だった。

私は神様の横でじっと井口さんの顔を見つめ続けていた。そして、井口さんの充血した右目が潤んでいき、一雫《しずく》の涙が頬を伝う。井口さんの唇が少しずつ震え始めて、それから、さっきと同じか細い声で、神様に呟《つぶや》いた。

「神様だったら、こんなところで遊んでないでさ……私を助けてよ」

そして、井口さんは頬を伝う涙を拭うこともせずに、ただじっと神様を見つめていた。私は井口さんを見つめ、横に座っていた神様へと視線を向ける。神様は自分を見下ろす井口さんを見上げ、泣いていた。その涙は、私が今まで見てきた中で、一番静かで、美しい涙だった。神様は目の前に立つ井口さんをじっと見つめながら、「ごめんなさい」と呟いた。

「私はまだ未熟で、他の立派な神様みたいな力はない。だから……井口さんを助けることはできない」

ごめんなさい。神様の声は震えていた。それから、神様は何度も何度もごめんなさいと呟く。静まり返った教室の中で、神様のその言葉だけが、虚《むな》しく響き渡っていた。

その日を境に、井口さんは学校に来なくなった。保健室に通って私たちより数年遅れて卒業したとかそういう噂を聞いたことがあるけど、本当のところはわからない。井口さんがあの日神様に助けてと言った理由も、わからないまま。まるで井口さんの存在そのものが消えてしまったかのように、私たちはそれぞれの日常へと戻っていった。楽しいことがあったら笑うし、性懲りもなく誰かの悪口を言って楽しんだ。

　それでも、今でも時々、思い出すことがある。あの日の井口さんの切実な訴えと、神様のかすれるような『ごめんなさい』という言葉を。

＊＊＊＊＊

　私は手当たり次第に同級生に電話をかけて、クラスにいた神様のことを覚えてないか尋ね回った。だけど、みんな冗談でしょって笑うだけで、神様のことを覚えている人はいなかった。

「私の家でテスト勉強したのは覚えてるけど……そこにいたのって私と舞《まい》ちゃんだけだったよ？」

　最後の希望だった三浦ちゃんにそう言われた時、私はまるで狐《きつね》につままれたような心地がした。思い出を美化したり、自分の都合のいいように解釈したり。そんなことは誰にだってある。だけど、私が過ごしたあの高校時代に、確かに神様はいた。同窓会の連絡が来るまでは思い出すことすらしなかったけど、記憶をたどればそこに、かけがえのない時間を過ごした神様の姿があった。

『本当はさ、こうやって神様が人間と一緒に学校に通ってるのはあんまり褒められたことじゃないんだよね』

　二人っきりでおしゃべりをしていた時、ふと神様が呟いたそんな言葉を思い出す。あれはどこで聞いた言葉だろうと記憶をたどり、いつか神様が住んでる神社に遊びにいかせてよとお願いした時のことだと思い出す。神様が教えてくれた神社はちょっとだけ遠い場所だったけれど、私が住んでる場所からもぎりぎり日帰りで訪れることができる。だけど、私が遊びに行きたいと言うと、神様は決まって恥ずかしそうな、それからちょっとだけ後ろめたそうな表情を浮かべて、やんわりと断った。

『そういえば、同じように学校に通ってた神様って他にもいるの？』

『うん。他にもたくさんいるよ』

『そうなんだ。でも周りの大人に聞いても、同じクラスに神様がいたなんて聞いたことないよ』

　私がそういうと、神様は一瞬だけ言葉を詰まらせて、そういうもんだよ、とちょっとだけ哀《かな》しそうに笑った。

　その時の神様の哀しそうな顔を、今になって思い出す。でも、だからといって私にできることは何もなかった。私以外の同級生はみんな神様のことなんて忘れていて、ひょっとしたら、私がいたと思い込んでいる神様は、私が勝手に作り上げた幻なのかもしれないとさえ思い始める。

私は力なくうなだれて、連絡先が書かれた紙をそっと閉じる。だけどその時、考え事をしていたせいか手元が狂い、机の上に置きっぱなしにしていたチラシが床にばら撒《ま》かれる。私はため息をつきながらしゃがみこみ、散らばったチラシを片付け始める。

いつも中身を確認しないまま捨てているくせに。人の名前なんてすぐ忘れちゃう性格のくせに。床にばら撒かれた一枚のチラシ、そこに印字された名前になぜか目が留まってしまう。ふと手に持った美容室のオープンを告げるチラシにある美容師の顔写真と名前。そんなわけないよ。あまりの偶然を目の前にして、私は無意識のうちにそう呟いていた。

いつもの私だったら、そんなことはしないと思う。だけど、気がつけば私はチラシを握りしめ、そこに書かれていた電話番号に電話をかけていた。呼び出し音が鳴るたびに私の胸が張り裂けそうになって、その度に次の呼び出し音が鳴り終わったら切ってしまおうと思った。だけど、三回目の呼び出し音で電話がつながって、電話越しに聞き覚えのある声が聞こえてくる。それは、あの日あの瞬間に聞いたものと同じ声。

驚きでも喜びでもないわけのわからない感情で頭がいっぱいになって、何も言えずにその場で固まってしまう。

「えぇっと……どのようなご用件でしょうか？」

無言のままでいる私にしびれを切らしたのか、電話の向こう側から訝《いぶか》しがる声が聞こえてくる。私は覚悟を決め、自分の名前とそして、高校名を告げる。井口さんは私の名前をもちろん覚えていなかった。それにあまり良い思い出がない高校時代の話に対して、電話越しでも少しだけ機嫌が悪くなっていくのがわかった。高校時代、ずっと苦手だった人に対し、携帯を握った手が少しずつ汗ばんでいく。

それでも、ここまで来て引き返すわけにはいかなかった。私は勇気を振り絞り、神様のことを覚えているかと尋ねる。少しだけ沈黙が流れて、それから井口さんが重たい口を開く。

「冗談でも言ってるわけ？」

小さな咳払《せきばら》いをした後で、井口さんは言葉を続ける。

「そんなの……忘れるわけないじゃん」

思わず息を呑《の》む。さっきよりも長くて、重たい沈黙が流れる。それから聞こえないくらいの小さな小さな声で、井口さんが呟く声が聞こえてきた。

「……忘れるわけないじゃん」

＊＊＊＊＊

神様から教えてもらった神社にお参りに行こう。私と井口さんのどっちから言い出したのかは覚えてないけど、気がつけばそんな話になっていて、高校でのあの事件以来初めて顔を合わせ、私と井口さんは電車の車窓から流れていく景色を眺めていた。

電車に揺られながら、私たちは微妙な距離感のまま話をした。天気の話とか、美容師になったんだねって話とか、当たり障りのない話題を振っては、二言、三言言葉を交わして、そのままお互いに黙り込む。その繰り返し。高校時代だって一度もしゃべったことなんてなかったし、昔と変わらない鋭い眼差《まなざ》しを向けられると、あの頃の記憶が蘇《よみがえ》って胸が締め付けられた。あの日のことを聞きたい気持ちとそれについて聞いたら嫌な気持ちにさせてしまうかもしれないという考えが頭の中をぐるぐる回って、結局私は井口さんから目を逸《そ》らし、窓の縁に詰まった埃《ほこり》へと視線を向けてしまう。

「あの時は、限界だったんだよね。家だけじゃなくて、高校にもどこにも居場所がなくて」

だからこそ、井口さんがふとそんなことを呟いた時、私は息が止まりそうになった。私は井口さんの方へと顔を向けて、彼女の横顔をじっと見つめる。

「思い出したくもないけど、あの頃はみんなが敵だと思ってた。家の中は荒れに荒れて地獄だったし、学校の連中からは嫌われてた。先生だって反抗的な私に愛想を尽かして、頭ごなしに叱りつけてくるだけ。全部の人間関係が最悪の状態で、だから野良犬みたいに周囲を威嚇しまくって、そのせいでさらにみんなが離れていく。強がってはいたけど、精神的にはかなり追い詰められてて、心の底では誰でもいいから助けてって思ってた。

だから、あんたのクラスに押しかけて、神様に詰め寄ったんだ。ギリギリだった私のすぐ近くで、クラスメイトと楽しそうに話してる神様を見たら、どうしようもなくむかついてさ。まあ、神様からしたら、とんだ八つ当たりだけどね」

「……そんな状況だったら、仕方ないと思う」

「でも、あんたもその時はそんなこと思ってなかったでしょ？　あんたも、私がただのヤンキーだと思って、みんなと一緒に私の陰口を言ってたんじゃないの？」

井口さんはおどけた口調でそう言った。そこには悪意みたいなものはなかったし、私を非難するような刺々しさもなかった。だからこそ、その言葉は私の胸を深く刺し、言葉に詰まる。知らなかったから。そんな言い訳では済まされない。胸に右手を添えながら、私は掠《かす》れるような声で呟く。

「ごめんなさい」

するると、井口さんは私の方を見て、少しだけ驚いた表情を浮かべた。

「昔のことなんだから、適当に誤魔化せばいいのに。……というか、ひょっとして泣いてる？」

井口さんに言われて私は自分の右頰に手を当てる。指先がほんのりと濡《ぬ》れて、そこで初めて涙で視界がぼやけていることに気がつく。井口さんは当惑した様子で私の背中に手をまわし、別に何とも思ってないよと声をかけてくれたけれど、私の涙は収まらなかった。

「違うの……」

私は声を絞り出す。違うって何が？　と井口さんが聞いてくる。私は唇を嚙《か》み締め、服の袖で涙を拭う。それから顔を上げて井口さんの顔を見つめる。大人になった彼女に、あの日、傷ついた表情で神様の前に立っていた昔の彼女が重なる。

「ずっとずっと辛《つら》い思いをしていたのに……気付いてあげられなくてごめんなさい」

それだけ伝えると、自分の言葉でさらに涙が溢《あふ》れ出てくる。あの日の彼女の気持ちと、ずっと一人で、誰とも心を通わせることができずにいた井口さんのことを考えるだけで、胸が苦しくなって、涙が止まらなかった。

他人のことでそんなに泣くなんて馬鹿なやつ。井口さんはぽつりとそれだけ言って、私の背中をさすり続ける。線路の連結部分を乗り越えるたびに、電車が揺れる。私たちが座る赤紫色のシートの上に、私の涙でシミができていった。

それから、ひとしきり泣いた後で、電車が目的の駅に到着する。そこは山に囲まれた無人駅で、もちろん下車するのは私たち二人だけ。スカスカの電車の時刻表を確認し、私たちは携帯に表示した地図を頼りに、神社へと続く道を歩いていく。初夏らしい透き通るような青空が真上に広がっていたけれど、周りを木々で囲まれた道は日かげになっていて、ひんやりと冷たい。息を吸うたびに、土と草が混じった匂いが鼻を通って、どこか懐かしい気持ちに満たされる。

山道を数十分ほどかけてようやく神社にたどりつく。敷地自体は広くなくて、私たち以外に参拝客はいない。だけど、山の中にあるにしては小綺麗《こぎれい》で、雑草が生え放題になっているというわけでもない。地元の人から愛されてるんだな。神社全体を包み込む優しい雰囲気を感じながら、私は高校時代の神様のことを、思い出す。

「でも、なんで他の人たちは神様のことを忘れちゃったんだろう」

社殿にお参りをした後で、ふと思いついた疑問を口にする。井口さんは私の方を見て、そもそも忘れるようにできてるんじゃないの？　と返事をする。神様は色んな神様が自分と同じように高校に通ってるって言っていたけれど、高校時代に神様が学校にいたなんて話は聞いたことがない。もし、そのこと自体をすべて忘れてしまっているのであれば、説明はつく。でも、じゃあ、何で私たちは神様のことを覚えているんだろう？　次に思いついた疑問をぶつけてみると、井口さんは顎に手を当て、考え込む。

「程度の問題かもしれない。私たちって、神様に関する強烈な思い出が残ってるってこともあるし……。それに、私たちも、神様に関することで忘れちゃってることがあるかもしれない。例えばだけど……あんたはさっきからずっと神様って言ってるけどさ、高校時代も『神様』って呼んでたわけ？」

「どういうこと？」

「神様って呼ぶなんてさ、私があんたを人間って呼んでるのと一緒でしょ？　だからさ、普通に考えたら、高校時代はきちんと名前で呼んでたんじゃないの？」

私は井口さんの言葉にハッとして、記憶をたどってみた。私は神様と過ごした思い出を振り返る。確かに、神様って呼び方はしていなかったような気がする。だけど、神様の名前をどうしても思い出せなかった。他に忘れてしまってることはないだろうか。私は焦燥感に駆られながら必死に思い出し、それからもう一つ、どうしても思い出せない事実があることに気がつく。

「神様が何の神様だったのか……思い出せない」

「どういう意味？」

「例えば学問の神様とか、金運の神様とか……何を司《つかさど》る神様だったのか、どうしても思い出せないの」

「私もそれは知らないけどさ……うっすらとした記憶だと、そもそも何の神様だったかは誰も知らなかった気がするけど？　なんか、どれだけ聞いても教えてくれないってことを誰かが言ってたような気がする」

「うん。神様はみんなが聞いても、何の神様なのかはなかなか言わなかったの。でも、一度だけ、こっそり教えてくれた気がするんだ。でも、その時に教えてもらったことが……思い出せない」

私と井口さんの間に沈黙が流れる。私は周囲をぐるりと見渡した。そもそもどうしてこの神社に来たのか。今更ながらそんな疑問が頭に思い浮かぶ。

高校時代に仲の良かった神様にもう一度会いたいから？　この神社にくることで、

高校時代に忘れていた何かを取り戻すことができる予感がしていたから？　一生懸命考えてみたけれど、不思議と答えは見つからない。

私は少しずつ神様のことを忘れていって、いつか高校時代に同じクラスだったということすら思い出せなくなる。もしそれが、三浦ちゃんみたいな他の友達だとしたら、きっと私は悲しさのあまり泣いてしまうだろう。でも、気がつけば私は、神様のことを忘れてしまうというその事実を、びっくりするくらいすんなり受け入れてしまっていた。

もし近くにいるならちょっとでいいから出てきてよ。試しにそう口にしてみたけれど、その言葉には必死さとか切実さは全くこもってなくて、まるで頬を撫《な》でながら通り過ぎていく風に語りかけるような、そんな軽さがあった。ひょっとしたらだけどさ。井口さんはそんな前置きを言った上で、私の方を見ずに呟く。

「本当はとっくの昔に神様のことなんて忘れてなくちゃいけないのに……うっかり消し忘れてるだけなんじゃないかな？　私は遠くから見てただけで、神様のことなんてよく知らないんだけどさ、あんたの話を聞く限りではさ、そんな抜けてるところがあるのかなって。だから、私たちがこうして二人揃《そろ》って神社に来たのを見て、今頃しまったって慌ててるんじゃない？」

私は井口さんの横顔をじっと見つめた後で、神様が消し忘れちゃったと慌てふためく姿をイメージしてみる。それは高校時代ずっと一緒にいた神様の姿とぴったりと重なって、私は思わず噴き出してしまう。私の笑いに、井口さんもつられて笑う。それから私たちは二人で声をあげて笑った。山の中にある静かで小さな神社の敷地に、私たち二人の笑い声が響き渡った。

＊＊＊＊＊

それから私と井口さんは来た道を戻り、電車に乗って街へと戻った。最寄りの駅に到着した頃には日が傾き始めていて、あと一時間もすれば空はうっすらと茜《あかね》色に染まり始める、そんな時間帯だった。私たちは駅前のロータリーで二人して立ち止まり、お互いの別れ道とお互いの顔を交互に見つめる。

「えっと……行きの電車で、突然泣いちゃってごめんなさい」

私は恥ずかしさで顔を逸らしながら、井口さんに謝った。

「いや、気にしてないよ。何というか……こういうことを言うと、変に思われるかもしれないけどさ。こっちとしては、泣いてくれてありがとうって感じなんだよね」

「ありがとう?」

「私はちゃんと泣けなかったから」

井口さんはそれだけ言ってから、私の方へと顔を向ける。私もまた井口さんの目を見つめ返した。その目は、あの日のような充血した痛々しい目ではなく、茶色に透き通った、綺麗な目だった。

「どん底にいた時もそうだけど、踏ん張って何とか人並みの生活を送れるようになった今も、私は思いっきり泣いたことがないんだよね。だから、あんたが私の話を聞いて号泣してくれた時、私の代わりに泣いてくれたみたいな気持ちになった。でさ、ちょっとだけ肩の荷が下りたって言うか、大袈裟《おおげさ》かもしれないけど、すーって心の中が軽くなったような気がした。だから、ありがとう。まあ、こんなこと言われても、何それって思うかも知んないから、あんまり深く考えなくても大丈夫」

それじゃあ、またいつか。井口さんはそう言って片手を振って、私に背を向けて歩き出す。私も、またいつかと返事をして、それから彼女に背を向けて歩き出そうとした。

だけど、一歩足を踏み出そうとしたそのタイミングで、何かが私の動きを止めたような気がした。それから数秒間その場で固まった後、ゆっくりと後ろを振り返る。数メートル前には、井口さんが私の方へと振り返った状態で、私と同じようにその場に立ち尽くしていた。井口さんは何か言いたげな表情を浮かべていた。だけど、多分井口さんから見たら、私も同じように何か言いたげな表情をしていたんだと思う。だから、井口さんは少しだけ笑って、言いたいことがあるなら先に言いなよと私を促す。

「えっと……この後ってさ、何か予定があったりする？」

井口さんは何も言わず、私を見つめ返す。

「こんなこと大人になってから言うことじゃないかもしれないけど……井口さんともっとお話ししたいなって……」

私は自分で自分の言っていることが恥ずかしくなって、最後はしどろもどろに言葉が途切れてしまう。それから、井口さんの方は何を言おうとしてたの？　と尋ねると、井口さんは呆《あき》れた表情を浮かべ、返事をする。

「本当冗談みたい」

何が？　恐る恐る尋ねると、井口さんが言葉を続ける。

「あんたと全く同じことを言おうとしてたんだよね」

井口さんが真剣な顔でそう答えるものだから、私はそれがおかしくて、笑ってしまう。井口さんは少しだけむっとしながらも、私につられて一緒に笑い出す。

あの日私たちの前で泣いていた井口さんと、神様の横で何もできずに狼狽《うろた》えていた私が、こうして一緒に笑ってる。もし神様が今の私たちを見たら、どんな顔をするだろう？　驚いて、喜んで、それからきっと私たちと同じように笑ってくれる。ひょっとしたら井口さんの言う通り、私はこれから少しずつ神様のことを忘れてしまうのかも知れない。

でも、私と井口さんが何年後かに今日という日を思い出した時、その思い出の中にはきっと神様がいる。神様の名前を、いや、神様の存在を忘れてしまったとしても、胸の中に広がる懐かしさだけは一生消えてなくならない。

私は胸に手を当てる。それから、今この瞬間に感じる幸せと懐かしさを、自分の身体《からだ》に刻みつけた。

＊＊＊＊

「ねえ、×××って、結局何の神様なの？」

夕暮れの教室。一つの机を挟んで向かい合わせに座る神様に、私は尋ねる。

「恥ずかしいから誰にも言いたくないんだよ。まだまだ未熟者で、胸を張って答えられるわけじゃないし」

「そっか……」

「でも、舞にならら教えてもいいかもしれない」

外はすっかり日が暮れて、空は幻想的な茜色に染まっている。神様は窓の外の夕焼け空を見た後で、どこか切なげな表情を浮かべた。そしてゆっくりと口を開き、誰にも言わないでね、ともう一度念を押してくる。言わないよ。私は神様のちょっと物憂げな表情に少しだけどきりとしながら、返事をする。

「私はね、縁結びの神様なの」

縁結び。その言葉に私がちょっとだけ色めきたつと、神様は多分想像しているのとは違うよと釘《くぎ》をさす。

「縁結びっていうのはね、恋愛とかそういうものだけじゃなくて、人と人との繋《つな》がりの全てを意味してるの。家族とか、先生と生徒とか、それから友達とか、全部。私は未熟者で、人と人との繋がりをどうこうする力はない。でも、修業を積んで、色んなことを経験して、一人前になったら……人と人との縁を結んで、それからその人たちがずっと仲良くいられるようなお手伝いをする、そんな神様になりたいって思ってる」

いつになく真剣に話す神様の横顔を、私はじっと見つめる。その言葉に込められていたのは、力強さとか決意とか、そんな言葉では括《くく》れないもの。そこに込められていたのは、誰かの幸せを願う、祈りのようなもの。

「きっと、なれるよ。×××なら」

私と神様は放課後の教室で向かい合い、何も言わずに見つめあう。きっとなれるよ。私はもう一度神様に伝える。

ありがとう。少しだけ照れ臭そうに、少しだけ嬉《うれ》しそうにそう答え、そして、神様は笑った。

人間卒業式

『本日、人間卒業という門出を迎えた私たちのために、こうして盛大な式を挙げていただけたこと、人間卒業生代表として心より感謝申し上げます』

令和四年度 横浜市人間卒業式。そんな横幕が頭上にかかった大きな壇の上で、私たちの代表が答辞を述べている。私は同じ会場の別室で、その様子をモニター越しに眺めていた。代表の彼女は横浜市のお偉い方々を前にしても堂々とした態度でスピーチを続けていて、それを見ているとなんだかこっちまで誇らしくなる。

「今答辞を読んでる佐々木《ささき》さんって人なんだけどさ、人間を卒業したらグリフィス天文台っていうアメリカにある天文台の望遠鏡になるらしいよ」

「えー、すごい！　優秀なんだね！」

「飛び級で人間を卒業したらしいしさ、本当に別世界の存在って感じ。彼女みたいな存在はさ、人間なんかよりもずっと価値のあるものになった方が、世界のためになると思うな」

同じ部屋にいた二人組の女性のひそひそ話が聞こえてくる。彼女たちの話を聞きながら、私はやっぱそんな感じがしたんだよなと一人で納得してしまう。人間を卒業した後は、人間以外であれば理論上何にでもなれるわけだけど、それでもやっぱり人間時代にどのような生き方をしてきたかによって決まる部分が大きい。モニターに映った彼女の威風堂々とした姿を改めて見て、きっとカフェのオープンテラス席で有名私大のカッコいい彼氏と文学的なお話とかをしていたんだろうなと勝手な妄想をしてしまう。

そんなしょうもない妄想をしていた、ちょうどその時。後ろから突然声をかけられた。ビクッと身体《からだ》を震わせて振り返ると、そこには高校の同級生だった山崎由奈《やまざきゆな》がいた。艶《あで》やかな着物に身を包んだ由奈は、昔と変わらない人懐っこい口調で、久しぶりだねと微笑《ほほえ》みかけてくる。由奈も同じ会場にいるということは知っていたけれど、まさか同じ部屋にいるとは思ってもいなかった。思いがけない再会に喜びつつ、私たちはお互いの近況について語り合った。

「由奈はこの後そのまま送別会に参加するの?」

式典終わり。会場に集まった人たちが続々と会場の外へと歩いていく中で、私は並んで歩いていた由奈に問いかけた。すると由奈はちょっとだけバツの悪そうな表情を浮かべた後で、これから一度役所に行かなくちゃいけないんだと返事をする。

「ほら、人間を卒業するからさ、国に人権を返納しないといけないじゃんか？　私そのことすっかり忘れてたの。明日からはもう人間としての生活とはおさらばするからさ、今日しかタイミングがないんだよ」

「そういえば由奈って人間を卒業したら、何になる予定なんだっけ？」

「私はリモコンになる予定なの。あ、ごめん！　急いで役所に行かないとまずいかも！」

着物の帯から取り出したスマホで時間を確認した由奈はごめんねのジェスチャーを取りつつ、私とは別方向へと駆けて行った。また送別会で！　その言葉と同時に、由奈の姿が人混みの中に消えていった。

由奈と別れた私は、後で合流しようと約束していた卒業仲間に連絡を取ろうと考え、とりあえずは人気《ひとけ》が少ない会場の外へと出ようとした。だけど、そのまま人の流れに従って歩いていると、ちょっとした人溜《ひとだま》りができていることに気がつく。ほんの少し興味が湧いて、人をかき分けるようにそこへと近づいていくと、偶然にも私と同じ今年人間を卒業する誰かがテレビの取材陣のインタビューに答えている最中だった。

「はい。人間をやっていた時は辛《つら》いことばかりで、早く卒業したいってずっと思ってたんです。でも、今日という日に改めて自分の人生を振り返ってみたら、それなりに楽しいことも嬉《うれ》しいこともあって……言い方は変かもしれませんが、人間らしい人生を送ってこれたんだなってふと思ったんです。だらだらと人間をやっていたら、きっとそのことにも気がつけなかったと思います。卒業してからも私は、人間時代に学んだことを生かして、自分らしい生き方をしていきたいです」

私が人の隙間から声の主を確認すると、それは有名な人気アイドル夢島愛佳《ゆめしまあいか》ちゃんだった。愛佳ちゃんは感極まった表情を浮かべ、目元はうっすら涙で潤んでいる。それでも芸能人として凜《りん》とした立ち振る舞いを見せ、取材陣の質問に対してしっかりと受け答えをしていた。有名なアイドルグループの一員として、華やかな毎日を送っているんだとずっと思っていた。だけど、そんな人も裏では色んな事情を抱えている。そんな当たり前の事実を、私は人間を卒業する日に改めて実感させられたような気がする。私は彼女を何とかスマホで写真に収めた後で、その場を立ち去る。背後からは、彼女が卒業後は何になるのかという質問に答える声が聞こえてきた。

「卒業後ですか？　私は理論物理学になる予定です」

人混みから離れ、同じ送別会に参加する友達と落ち合う。二人で記念に写真を撮ったり、近くのお店で時間を潰したりしてから、開始時刻よりも三十分ほど早く送別会の会場へと到着した。お店には幹事役の三島《みしま》君がすでにいて、私たちを見るなり大袈《おおげ》裟《さ》に両手を広げて歓迎してくれた。三島君は人間を卒業した後はお金持ちの飼い犬になるらしく、四月から一緒に暮らすという老夫婦の写真を見せてくれた。品の良い素敵なお年寄り二人の足元に、四つん這《ば》いになった三島君が将来への希望に満ちた表情を浮かべていた。

それから少しずつ会場に参加者が集まってくる。開始の時間直前に、役所で手続きを済ませてきた由奈が、ちょっとだけ息を切らしながら飛び込んでくる。ギリギリセーフだねと笑い合いながら、由奈が私の隣に座る。手続きは間に合った？　と私が聞くと、由奈は疲れた表情で大変だったよと返事をした。

私は送別会に集まった人たちをぐるっと見渡す。ここに集まった人たち全員が、今年で人間を卒業し、来年度から新しい門出を迎えることになる。リモコンになる人。お金持ちの犬になる人。ワゴンRになる人。チェックのスカーフになる人……。私もいつまでも人間でいることには飽き飽きとしていたから、人間を卒業すること自体に抵抗であったり、後悔というものはない。それでも、この場所で、同じ人間という生き物として集まり、お互いに楽しくお話ししているのを見ると、どこか哀愁にも似た感情が湧いてくる。寂しいという気持ちと、だけど、新しい生活への希望が入り混じって、無意識のうちに笑みが溢《こぼ》れてしまう。それを見た友達が何笑ってるのとからかってくる。

　別に何でもないよ。私はそう答えて、もう一度この会場に集まった人たちを見回した。そして、もう一度だけ笑みを浮かべた後で、ここにいる人たちが新しい生活でも幸せに生きていけることを心の底から祈った。

「そうそう。すっかり、聞き忘れてたんだけどさ、村崎《むらさき》って人間を卒業したら何になる予定なの？」

　由奈が思い出したように私に問いかけてくる。言ってなかったっけ？　と私が尋ね返すと、聞きそびれちゃったんだよねと由奈が可愛《かわい》く舌を出す。

「私はね、人間を卒業したら小説になる予定なの」

「へー小説？」

「そうそう、『人間卒業式』っていうタイトルの短編小説でさ、ジャンルは私小説なの。いわゆる純文学ってやつ？　つまりさ、今日の一日みたいにさ、自分が本当に経験したことを一人称で書くタイプの小説なんだよね」

「あー、そっか。忘れてたけど、村崎って小説書いてたんだっけ？　確かにそうだよね。人間なんかよりも、小説の方が似合ってると思うよ。もう明日から小説になるの？」

「ううん。私は来月の四月一日から小説になる予定なの。もしよかったら読んでね……って言っても、リモコンになるんじゃ読めないか」

時間が来て、幹事の三島君が周りから促されて立ち上がる。それから、彼はちょっとだけ戯《おど》けた口調で乾杯の挨拶を始める。私たちは笑いながら三島君を囃《はや》し立て、お調子者の三島君の口調がさらに滑らかになっていく。

「えー、では、私のつまらない話はここまでにして、乾杯といたしましょう。グラスは持ってますよね？　それじゃ……皆さんの新しい門出を祝って、かんぱーい」

三島君がグラスを高々と掲げると同時に、私たちも彼の掛け声に合わせてグラスを掲げるのだった。

※本作品はフィクションであり、
登場する人物・団体・事件等はすべて架空のものです。

「同姓同名連続殺人事件」参考資料
名字由来net
https://myoji-yurai.net

小学館文庫
好評既刊

余命3000文字

村崎羯諦

ISBN978-4-09-406849-8

「大変申し上げにくいのですが、あなたの余命はあと3000文字きっかりです」ある日、医者から文字数で余命を宣告された男に待ち受ける数奇な運命とは——？（「余命3000文字」）。「妊娠六年目にもなると色々と生活が大変でしょう」母のお腹の中で引きこもり、ちっとも産まれてこようとしない胎児が選んだまさかの選択とは——？（「出産拒否」）。「小説家になろう」発、年間純文学【文芸】ランキング第一位獲得作品が、待望の書籍化。朝読、通勤、就寝前、すき間読書を彩る作品集。泣き、笑い、そしてやってくるどんでん返し。書き下ろしを含む二十六編を収録！

小学館文庫
好評既刊

△が降る街

村崎羯諦

ISBN978-4-09-407120-7

「俺と麻里奈、付き合うことになったから」三人の関係を表したような△が降る街で、〝選ばれなかった少女〟が抱く切ない想いとは——？（「△が降る街」）。「このボタンを押した瞬間、地球が滅亡します」自宅に正体不明のボタンを送り付けられた男に待ち受ける、まさかの結末とは——？（「絶対に押さないでください」）。大ベストセラーショートショート集『余命3000文字』の著者が贈る、待望のシリーズ第二弾。泣き、笑い、そしてやってくるどんでん返し。朝読、通勤、就寝前のすきま時間を彩る、どこから読んでも楽しめる作品集。書き下ろしを含む全二十五編を収録！

小学館文庫
好評既刊

殺した夫が帰ってきました

桜井美奈

ISBN978-4-09-407008-8

都内のアパレルメーカーに勤務する鈴倉茉菜。茉菜は取引先に勤める穂高にしつこく言い寄られ悩んでいた。ある日、茉菜が帰宅しようとすると家の前で穂高に待ち伏せをされていた。茉菜の静止する声も聞かず、家の中に入ってこようとする穂高。その時、二人の前にある男が現れる。男は茉菜の夫を名乗り、穂高を追い返す。男はたしかに茉菜の夫・和希だった。しかし、茉菜が安堵することはなかった。なぜなら、和希はかつて茉菜が崖から突き落とし、間違いなく殺したはずで……。秘められた過去の愛と罪を追う、心をしめつける著者新境地のサスペンスミステリー！

私たちは25歳で死んでしまう

砂川雨路

ISBN978-4-09-407176-4

未知の細菌がもたらした毒素が猛威をふるい続け数百年。世界の人口は激減し、人類の平均寿命は二十五歳にまで低下した。人口減を食い止め都市機能を維持するため、就労と結婚の自由は政府により大きく制限されるようになった。そうして国民は政府が決めた相手と結婚し、一人でも多く子供を作ることを求められるようになり——。結婚が強制される社会で離婚した夫婦のその後を描く「別れても嫌な人」。子供を産むことが全ての世の中で〝子供を作らない〟選択をした夫婦の葛藤を描く「カナンの初恋」など、異常が日常となった世界を懸命に生きる六人の女性たちの物語。

小学館文庫
好評既刊

あの日に亡くなるあなたへ

藤ノ木 優

ISBN978-4-09-407169-6

大学病院で産婦人科医として勤務する草壁春翔。春翔は幼い頃に妊娠中の母が目の前で倒れ、何もできずに亡くなってしまったことをずっと後悔していた。ある日、春翔は実家の一室で母のPHSが鳴っていることに気づく。不思議に思いながらも出てみると、PHSからは亡くなった母の声が聞こえてきた。それは雨の日にだけ生前の母と繋がる奇跡の電話だった。さらに春翔は過去を変えることで、未来をも変えることができると突き止める。そしてこの不思議な電話だけを頼りに、今度こそ母を助けてみせると決意するのだが……。現役医師が描く本格医療・家族ドラマ！

銀座「四宝堂」文房具店

上田健次

ISBN978-4-09-407192-4

銀座のとある路地の先、円筒形のポストのすぐそばに佇む文房具店・四宝堂。創業は天保五年、地下には古い活版印刷機まであるという知る人ぞ知る名店だ。店を一人で切り盛りするのは、どこかミステリアスな青年・宝田硯《けん》。硯のもとには今日も様々な悩みを抱えたお客が訪れる――。両親に代わり育ててくれた祖母へ感謝の気持ちを伝えられずにいる青年に、どうしても今日のうちに退職願を書かなければならないという女性など。困りごとを抱えた人々の心が、思い出の文房具と店主の言葉でじんわり解きほぐされていく。いつまでも涙が止まらない、心あたたまる物語。

本書のプロフィール

本書は、小説投稿サイト「小説家になろう」に掲載された作品を改変、再編集し書き下ろしを加えたものです。

小学館文庫

あなたの死体《したい》を買《か》い取《と》らせてください

著者　村崎羯諦《むらさきぎゃてい》

二〇二三年一月十一日　初版第一刷発行

発行人　石川和男
発行所　株式会社　小学館
〒一〇一-八〇〇一
東京都千代田区一ツ橋二-三-一
電話　編集〇三-三二三〇-五二三七
　　　販売〇三-五二八一-三五五五
印刷所――図書印刷株式会社

ISBN978-4-09-407222-8